美国自然文学经典译丛

遥远的房屋

在科德角海滩一年的生活

〔美〕亨利·贝斯顿 著
程 虹 译

生活·讀書·新知 三联书店

Simplified Chinese Copyright © 2025 by SDX Joint Publishing Company.
All Rights Reserved.
本作品简体中文版权由生活・读书・新知三联书店所有。
未经许可，不得翻印。

图书在版编目（CIP）数据

遥远的房屋：在科德角海滩一年的生活 /（美）亨利・贝斯顿著；程虹译. -- 2版. -- 北京：生活・读书・新知三联书店，2025.5. -- （美国自然文学经典译丛）. -- ISBN 978-7-108-08021-9

Ⅰ．I712.65

中国国家版本馆 CIP 数据核字第 2025GN0256 号

责任编辑	刘蓉林
特约编辑	李学军
装帧设计	薛　宇
责任校对	张　睿
责任印制	李思佳

出版发行　生活・讀書・新知三联书店
　　　　　（北京市东城区美术馆东街22号 100010）
网　　址　www.sdxjpc.com
经　　销　新华书店
印　　刷　河北清静堂印刷有限公司
版　　次　2012年8月北京第1版
　　　　　2025年5月北京第2版
　　　　　2025年5月北京第1次印刷
开　　本　880毫米×1230毫米　1/32　印张7.125
字　　数　140千字　图30幅
印　　数　0,001-5,000册
定　　价　68.00元
（印装查询：01064002715；邮购查询：01084010542）

美国自然文学经典译丛序

翻译并出版美国自然文学经典译丛的想法缘于上个世纪末。当我对自然文学产生兴趣并写就评介这一领域的著作《寻归荒野》时,就开始构想为配合此书译几本有代表性的美国自然文学经典作品。我承认,在这个信息发展极其迅速的时代,当人们甚至是一路狂奔,急于抵达终点时,我的行动很慢。从2004年翻译出版第一本书《醒来的森林》到第四本书《低吟的荒野》,经历了八年时光。

该译丛共收入美国自然文学经典四部:

1.《醒来的森林》(*Wake-Robin*,1871),作者:约翰·巴勒斯(John Burroughs,1837—1921);

2.《遥远的房屋:在科德角海滩一年的生活》(*The Outermost House: A Year of Life on the Great Beach of Cape Cod*,1928),作者:亨利·贝斯顿(Henry Beston,1888—1968);

3.《心灵的慰藉:一部非同寻常的地域与家族史》(*Refuge: An Unnatural History of Family and Place*,1991),作者:特丽·威廉斯(Terry Tempest Williams,1955—);

4.《低吟的荒野》(*The Singing Wilderness*,1956),作者:

西格德·F. 奥尔森（Sigurd F. Olson，1899—1982）。

　　将这四部书收入译丛，首先是由于它们被公认为美国自然文学的经典之作，也是四位作家的代表作，在美国自然文学中颇有影响，并被收入美国的权威性文选及高校文学教材之中。其次，这四部作品充分体现出自然文学最重要的特征：地域感（the sense of place）。《醒来的森林》是作者约翰·巴勒斯以在美国东部卡茨基尔山及哈德逊河畔观察鸟类的生活经历写就的散文集，让我们领略了鸟之王国的风采以及林地生活的诗情画意；《遥远的房屋》的作者亨利·贝斯顿则以他在美国东部科德角大海滩上一年的生活经历，向我们讲述大海、海滩、沙丘及海鸟的故事；《心灵的慰藉》的作者特丽·威廉斯以独特的经历和写作风格记述了自己如何陪同身患绝症的母亲在美国西部的大盐湖畔，从大自然中寻求心灵的慰藉；《低吟的荒野》的作者西格德·奥尔森向我们描述了美国北部与加拿大接壤的那片被称作"奎蒂科-苏必利尔"（Quetico-Superior）的荒原，那里点缀着璀璨的湖泊，裸露着古老的岩石，覆盖着茂密的原始森林。林地、海滩、盐湖及荒原，人类内心的情感世界与色彩斑斓的自然风景融为一体，使这四部自然文学的经典之作完美地组合在一起，相辅相成。其三，收入此译丛的四位作家也都是美国自然文学中的代表人物。约翰·巴勒斯被推崇为"鸟之王国中的约翰"；亨利·贝斯顿以"散文诗般的语言"而享誉美国文坛；特丽·威廉斯将自然的悲剧与人类的悲剧糅合在一起，从女性的角度展现出一种博大的生态视野；西格德·奥尔森从古朴的荒野中寻到了一种抵御外界诱惑的定力，一种与天地万物融为一体的安宁，并形成了独特的"荒野观"(wilderness philosophy)和"土地美学"(land aesthetic)。将上述美国自然文学作家的经典之作以译丛的形式介绍给中国读者,不仅会给人们带来美的享受,还会以一种潜移默化的方式促进人与自然的和谐相处。

当然,译本的选择除了上述原因之外,最重要的还是出于我对这些作品的喜爱。这正如19世纪美国女诗人艾米莉·狄金森的诗句:"灵魂选择了自己的伴侣,然后将心扉关闭。"当我在译这些作品时,尽管有时也有译者常见的各种苦恼和纠结,但从总体上看,我是在与原著作者进行着心灵的对话和交流,和他们一起不紧不慢地观赏自然,体会着他们的心境,分享着他们的精神升华。因而才能如此这般,从从容容地完成了这四本译著。

记得曾有人说过:"真正懂得人生的人,是为了欣赏而赶路的。"我在翻译这套丛书中体会到了这样一种生活态度。这断断续续、长达八年的翻译过程对我本人来说也是在现实与遐想中体会生活中的自然。首先,我从中体会到了自然文学的包容大度,那是从万物共生的大自然中汲取的一种达观和境界。"当大自然造蓝鸲时,她希望安抚大地与蓝天,于是便赋予他的背以蓝天之色彩、他的胸以大地之色调。"巴勒斯在《醒来的森林》中描述一种小鸟时如是说。他继而写道:"蓝鸲是和平的先驱,在他身上体现出上苍与大地的握手言欢与忠诚的友谊。"寥寥数语,气势磅礴,充满着哲理与希望。包容大度,和谐共生,应当是人类明智的选择。贝斯顿笔下的自然,有着一种史诗般的壮丽。他在科德角那孤寂的沙丘上居住了一年,才写出了《遥远的房屋》,捕捉到了海浪的节奏,并归纳出一种如同海浪般韵律的写作风格："句子应当像大海的波浪一个接一个，而且每一道海浪又保持其个性。一个句子应该有适当的节律：浪起，浪碎，浪退，然后，为下一道浪留下短暂的空白。"难怪有评论家认为《遥远的房屋》充满了乐感，"是一本请求人们朗读的书"。威廉斯声称熊河候鸟保护区的鸟类与她共同拥有一部自然史。这种特殊的经历使她独树一帜，在《心灵的慰藉》中创造出一种新颖的文体及语篇：每一章节都由特定的鸟类命名，章题下是盐湖水的水位记录。这水位的涨落与作者母亲癌症的病情及候鸟保护区的存亡密切相关。湖、鸟、人作为不可分离的总体成为这部书的主角。奥尔森在《低吟的荒野》中生动地描述了他在美国和加拿大共有的"边界水域泛舟区"摇独木舟漂流旅行，以及在荒原滑雪垂钓的经历，一展北美群山林海及江河湖泊的雄姿和风采，并表达出这些荒野的经历在他的心灵深处引起的感动。奥尔森通过自己的感官对自然中有形之物的体验，享受到了心灵中的"无形之物"的愉悦，并领悟出"宁静无价"的深刻内涵。人与自然的交融，人从自然中寻到美感和心灵的宁静，这便是自然文学的独特之美。

然而，自然文学又不是一种高高在上、脱离社会、逃避责任的文学。它主张现代文明应当重新唤起人类思家的亲情、人类与土地的联系、人类与整个生态体系的联系，并从中找出一种平衡的生活方式，引导人们从个人的情感世界走向容纳万物的慈爱境界。比如，《心灵的慰藉》从始至终都弥漫着一种剪不断、理还乱的亲情，这其中有个人之家的情爱，也有作为地球大家庭的一员对其他所有成员的慈爱。如果这种爱成为一种信念，那将对现代社会及人类发展产生一种支撑作用。所以，在自然文学作品中，我们看到了爱的循环：由人间的亲情延伸至对大地的热爱，大自然中的宁静与定力又作为一种心灵的慰藉反馈于人间。我们不妨说，自然文学将人类对自然的热爱和人类之间的亲情融为一体，将土地伦理延伸为社会伦理，将对大地的责任延伸为对社会的责任。它所称道的是大爱无疆，爱的循环。

当这套译丛即将出版之时，往事历历在目。《醒来的森林》的作者巴勒斯可以在哈德逊河畔尽情地观赏自然，书写自然；《遥远的房屋》的作者贝斯顿有幸在科德角的海滩上居住一年。而我译这些书时，却是另外一种情景。当时我的家位于闹市之中，而我的心也并不静。我要教书持家，还因夫妻两地分居，时常在火车上度过七八个小时。所以，有相当一部分的译稿，是在火车上阅读原著，反复思量译法，下车后再记录下来的。起初，我还很不适应火车以及人流的噪声。但渐渐地，我竟习惯了在嘈杂的环境中静下心来，做自己的事，让心灵归属于荒野中的那份宁静。当然，在这几位作家中，我与《心灵的慰藉》的作者特丽·威廉斯在某种程度上有着相似的经历。因为，在翻译此书的同时，我也在照顾着家中身患癌症的老人，并陪伴她走完生命的最后一程，这个过程持续了五年多。所以，翻译《心灵的慰藉》，也使得我能面对残酷的现实，成为我本人心灵的慰藉。相比之下，《低吟的荒野》翻译进度较快，因为，我是在"拼命"地译书，来填补痛失亲人的心灵空缺。"独木舟的移动颇像一叶风中摇曳的芦苇。宁静是它的一部分，还有拍打的水声，树中的鸟语和风声。"我跟随作者走进那片令人放松的原野，享受大自然给予的抚慰。翻译这套译丛使我亲身感受到了词语的魔力。文学好比月光，看似无用，但又不可或缺。

美国作家桑德斯（S. R. Sanders）在《立足脚下》（*Staying Put*，1993）一书中写道："我一直在思索土地的故事并试图从中领悟人类心灵的图谱是如何依附于地理的图谱。"英国作家赫德森（W. H. Hudson）在《鸟与人》（*Birds and Man*，1915）一书中阐明："我们在风声、水声和动物之声中听到了人类的基调，从草木、岩石、云彩及类似海豹等哺乳动物中看出了人类的形体。"人与自然是不可分割、相辅相成的整体。这套译丛收录的作品都是作者与大地亲密接触的经历，在某种程度上来看都带有自传体的风格。然而，它们又不同于通常的自传。这些作者，如同美国学者马克·阿利斯特（Mark Allister）在其关于自然文学与自传的书中所述，将人们熟悉的自传中"自我、生活、构写"（self，life，writing）等要素改变成为"土地、记忆、故事"（land，memory，story）。于是书写自然及大地风景的行为便可以变成一种书写自传的行为，也就是说，将自然史写作与自传式写作融为一体。由此说来，读者在阅读这套译丛时不仅能领略到自然之美，了解自然之道，而且，或许还会掩书遐想，让思绪停留在与自然亲密接触的某段愉悦的记忆之中，从而领悟英国作家托马斯（Edward Thomas，1878—1917）的那句话：或许"大地不属于人类，但是，人类却属于大地"。

如前所述，这套译丛的构思初始于十年前，此次其中的三本是再版。重新再看多年前的译作，当然有不尽如人意之处，所以，做了相应的修正。不过，凡是与文字打交道的人或许都有这种感受，手中的书稿或译稿但凡不把它交出去，就不断有修改的余地,仿佛那是永远画不上句号的作品。甚至在经过修改交稿之后,我的心中还难免忐忑不安。所以,我只能说,当翻译这些作品时,我尽量尝试进入原著作者的心境,并努力传达他们想呈现给人们的那种关于自然和内心的独特风景。

程 虹
2012年3月1日

献给梅布尔·戴维森女士和
玛丽·卡伯特·惠尔赖特女士

目 录

1 译序
13 中文版序
23 导读
39 1949年版作者序

41 第一章
　　海　滩

53 第二章
　　秋天，大海及鸟类

69 第三章
　　拍岸巨浪

81 第四章
　　仲　冬

101   第五章
　　　　冬季来客

119   第六章
　　　　海滩上的灯火

137   第七章
　　　　漫步于内陆的春光中

153   第八章
　　　　大海滩的夜晚

167   第九章
　　　　年之高潮

187   第十章
　　　　猎户星在沙丘升起

191   摄于科德角

译　序

2004年秋，在美国做访问学者期间，我来到《遥远的房屋》的原址——位于科德角（Cape Cod）的那片濒临大西洋外海、我在书中读过无数次的海滩。此时，秋色正浓。一所红砖白窗的房子，老海岸警卫站，孤零零地矗立在长满荒草及沙地植物的沙丘顶上。离警卫站不远处，立着一块介绍亨利·贝斯顿及其《遥远的房屋》的牌子。"遥远的房屋"已不复存在，它在1978年2月的一场冬季风暴中被卷入了大海，葬身于我眼前约一英里处的海底。我环顾四周，寻找着书中读到的那些景物：内侧是长满齐腰的茅草及沙地植物的沙丘，再往里是一池池映出岸边秋色的碧水，那是海水积成的泻湖；外侧，是孤寂的海滩，涛声阵阵，海浪滚滚。我走下沙丘，沿着游人稀少的海滩漫步，体验着八十多年前，贝斯顿肩背生活必需品，从诺塞特海岸警卫站，沿着海滩，踏着浪花返回他那"遥远的房屋"的感觉，想象着若干年前的一个秋日，贝斯顿"漫步于海滩"，"从变幻莫测的云朵中解读到冬季的来临"的诗情画意。我在一处泛白的流木上坐下，观望着大海潮起潮落，看着"风把海浪像殉葬者一样送上不归之路"，最终"粉碎于这孤寂无人的海滩"。我将目光投向眼前约一英里处的海面上,知道那里便是"遥远的房屋"的原址或葬身之地。从贝斯顿离开"遥远的房屋"到后者葬身于海底,仅仅几十年的时间,大海就向这片狭窄的陆地侵入了一英里,或许,用不了很久,我坐的这片海滩也会被大海所吞没。然而,此时物质的东西已不再重要。重要的是,贝斯顿已经将"遥远的房屋"的魂魄以及它的诗意留在了人间。此时无形胜有形。"遥远的房屋"不是作为一种物质的形式,而是作为一种对远古自然的崇敬,对一种简朴而充满诗意的生活之丰富的想象留存于我们的记忆之中。尽管在造访"遥远的房屋"原址时,我已经开始翻译此书,但是这次亲临其境的经历,毕竟给了我对那片陌生土地的亲切感,给了我将一种文字转变成另一种文字时的自如。或者说,我从科德角的自然中,获取了贝斯顿当年得到的那几许诗意及激情。

一

《遥远的房屋——在科德角海滩一年的生活经历》是美国著名的自然文学作家亨利·贝斯顿于20世纪20年代写的一本散文集。它描述了作者只身一人在美国新英格兰地区濒临大西洋那片辽阔孤寂的海滩生活一年的经历。

1925年,人到中年的贝斯顿在靠近科德角的那片海滩买下一块地并自己设计草图,请人在临海的沙丘上建了一所简陋的小屋。起初,他只是想在翌年秋季到那里住上一两周,并无意将它作为长久的居所。然而,两周结束后,贝斯顿却迟迟没有离去。

因为,那片土地及外海的美丽和神秘感令他心醉神迷。他在那里生活了整整一年并记录下大自然栩栩如生的影像:大海的潮起潮落,涌向海滩的层层波涛,纷至沓来的各种鸟类,海上的过客,冬季的狂暴,秋季的壮观,春季的神圣,夏季的繁茂。他发现,那里常年举行着无可比拟的自然盛会。

全书由十章组成,依据大自然的节奏展开,从秋季开始,以秋季结束,形成了一个圆满的循环。作者以散文诗般的语言分别描述了他所居住的小屋,他所在的海滩、沙丘,他观察到的各种鸟类及沙丘地带的植物,大海的四季景色以及零零星星的海滩上的过客。其中既赞美了自然的壮丽,也呈现了自然的冷酷。当然,更令人感动的是作者在孤寂的海滩独自享受自然,与大自然进行心灵沟通的那种精神的震撼与感悟。贝斯顿一生曾著有多部自然文学作品,但《遥远的房屋》是他写作生涯的巅峰。诚如他的遗孀伊丽莎白所述:"沙丘可以生成或崩溃,人也有生老病死,但是他(贝斯顿)感到他的作品已经登峰造极,此生无憾。"

作者建在沙丘上的那所孤零零的小屋,虽然简陋,却不失浪漫色彩:它的壁板及窗框被漆成淡淡的黄褐色,那种典型的水手舱的颜色。作者称它为"水手舱",因为房子建在延伸进海洋的沙丘上,恰似漂在海上的一叶小舟,一间遥远的、给人以幻觉的小房子。而且,多窗是这房子的特点。如作者所述:"一间有七个窗子的房屋,位于沙丘之上,海上的阳光之下,仅此,便可想象出流光四射的情景,一种令人不安的光的把戏。"因此,他便有了一个近似户外的居所,阳光涌进他的屋内,大海涌向他的房门。他本人则靠在枕头上便可看到大海,观望海上升起的繁星,停泊渔船摇曳的灯光，还有溢出的白色浪花，并听着悠长的浪涛声在宁静的沙丘间回荡。

　　作者笔下的自然，有着一种史诗般的壮丽。科德角是以一幅气势磅礴的画卷展示于众的："位于北美海岸线东部的前沿，距马萨诸塞州内海岸三十多英里处，在浩瀚的大西洋上屹立着最后一抹古老的、渐渐消失的土地。"在这片土地上，却始终进行着大海与土地之战。"年复一年，大海试图侵吞土地；年复一年，土地为捍卫自己而战，尽其精力及创造力，令其植物悄然地沿海滩滋长蔓延，组成草与蔓编织的网，拢住了前沿的沙石，任凭风吹雨打。"海浪这种自然现象在书中含有某种感人的悲壮："秋天，响彻于沙丘中的海涛声无休无止。这也是反复无穷的充满与聚集、成就与破灭、再生与死亡的声音。"随后，我们跟随作者一次次地观看海浪一个接一个地从大西洋的外海扑打过来。它们越过层层阻碍，经过破碎和重组，一波接一波地构成巨浪，以其最后的精力及美丽映出蓝天，再将自己粉碎于孤寂无人的海滩。从海浪这种反复无穷的充满与聚集、成就与破灭、再生与死亡的运作中，我们深切感受到了人类历史生生不息、前仆后继的宏伟进程，当然，还有伴随这个进程的悲壮与诗意。

　　大海及沙丘上的沙子在作者的心中也具有某种难以言表的魅力，因为它们的色调总是依着时光与季节而变。"冬日的大海是一面镜子，置于一间寒冷而若明若暗的房间，夏日的大海则是另一面镜子，置于一间阳光炽热如火的房间。夏日的阳光是如此之充沛，大海这面镜子是如此之庞大，整个夏日的流光溢影都反射在镜面上。"我们随着作者的目光还看到："一只漂亮的白海鸥沿着一道激浪飞翔，他的倒影映在海浪上。"在贝斯顿的笔下，沙子也随季节更装。夏日，沙子那种温暖明媚的色调美不胜言。黄昏之际，在海滩及相接的海面上撒落着一种若隐若现的、淡淡的紫色。在冬季，沙子那种金黄的暖色不见了，取而代之的是一种银灰的冷色，再也不会以闪烁的光芒来回报太阳的照耀。

贝斯顿精辟地归纳了大自然中三种最基本的声音：雨声、原始森林中的风声及海滩上的涛声。但他认为其中的涛声最为美妙多变，令人敬畏。他劝导我们："听听那海浪，倾心地去听，你便会听到千奇百怪的声音：低沉的轰鸣，深沉的咆哮，汹涌澎湃之声，沸腾洋溢之声，哗哗的响声，低低的沉吟……"浪涛声在他听来是不停地改变着节奏、音调、重音及韵律的音乐，时而猛若急雨，时而轻若私语，时而狂怒，时而沉重，时而是庄严的慢板，时而是简单的小调，时而是带有强大意志及目标的主旋律。难怪作者感叹道："对于这种洪亮的宇宙之声，我百听不厌。"

在书中，我们还随着作者领略了在那片海滩上的各种鸟类：陆地的鸟、荒原的鸟、泽地的鸟、海滩的鸟以及海岛与海滨的鸟。当然，还有飓风带给我们的意外惊喜——那些罕见的热带鸟。一次风暴中吹来了一只鲜艳夺目的朱鹭，另一次风暴中又抛来一只军舰鸟。

但是作者的笔下，也并不都是鸟语花香。在书中我们也看到了自然之残酷。贝斯顿提醒我们："要了解这片广博的外海滩，欣赏它的氛围、它的'感觉'，你必须将沉船的残骸与大自然上演的戏剧视为它的一种景观。到那些小村舍里看一看，或许你坐的那把椅子就是从某次大海难中捡来的，而椅子边的桌子没准是另一次海难的遗物；在你脚下快活地直叫的那只猫，可能也是从沉船上救出来的。"在描述了一次有九人丧生的沉船事件之后，当把我们的视线引向满目皆是残骸的海面之时，作者笔锋一转，写起了盘旋于海边的海鸥："这些海鸥在拍岸的海浪及湿地之间飞来飞去。在它们眼中，或许，这里什么也没有发生。"一句话点出了自然界的无情。然而，在另一次惨痛的海难中，贝斯顿则描述了感人的一幕。在有五名船员遇难的沉船的船舱内，在一片狼藉的碎片杂物之中，他发现了一本题为《假如你出生于二月》的小册子。从它那发霉的翻开的书页上，作者看到："此月出生的人，对于家持有特别的珍爱"，"为了所爱之人，他们不惜赴汤蹈火"。接下来是贝斯顿的一段耐人寻味的评述："人们会猜想，是谁把这东西带上了船？是谁那双好奇的手在那个充满悲剧、杂乱无章的船舱内，借着一缕灯光，第一次翻开了它的书页？"自然的悲剧，此时更烘托出人性的光芒。

作者居住的那片海滩对于美国人来说并不陌生。17世纪欧洲移民的杰出代表人物威廉·布雷德福（William Bradford，1590—1657）曾在其著作《普利茅斯开发史》(*Of Plymouth Plantation*)中以"荒凉野蛮的色调"及"咆哮和凄凉的荒野"来形容这片土地。然而，如今在贝斯顿的笔下，虽然也有大自然的冷酷无情，但我们看到更多的则是一幅幅美丽动人的风景画，感觉到英国作家约翰·罗斯金（John Ruskin）的那种"以文释画"（word painting）的美感以及中国唐代诗人王维所描述的那种"画中有诗，诗中有画"的意境："海上的风暴，苍白的云烟，被寒风撕破了的残云在沙丘上飘过，沙锥鸟单足独立，把头埋藏在羽毛中，做着美梦。"他写日落黄昏："夕阳像一团火渐渐落下；潮水涌上了海滩，翻卷着深红色的泡沫；远处，一艘货船从浅滩上缓缓驶出，漂向北方。"他写寂寥的秋末："十月中旬，陆地的鸟儿都离去了。还有几只雀留在湿地。李树叶都掉光了。漫步于海滩，我从变幻莫测的云朵中解读到冬季的来临。"他写海上的夜色："今夜没有月光，在缥缈浩瀚的大海上，秋季的天空中泛起点点寒星。"

二

如果说，梭罗的《瓦尔登湖》是美国19世纪自然文学的经典，那么，贝斯顿的《遥远的房屋》则当之无愧算得20世纪的自然文学经典之作。两者都是以作者的亲身经历为题材的纪实散文集。当然，我们还知道，梭罗生前曾几度去过贝斯顿所描述的科德角一带，并著有《科德角》一书。贝斯顿生前也为梭罗的《科德角》1951年版作序。目前，《瓦尔登湖》在国内已有几个不同的中文版本。《科德角》也有了中译本。现在将《遥远的房屋》介绍给中国读者，可使国人欣赏和比较两位不同年代的美国作家在相同或不同的地点体验自然的生活经历及写作风格，从中获取别样的乐趣。

在以人与自然和谐共处为主旋律的21世纪，《遥远的房屋》带给人们的不仅仅是文学方面的兴趣，还有对人类与自然关系的思索与领悟。

美国学者保罗（Sherman Paul）在评述贝斯顿及其代表作《遥远的房屋》时，将这位美国当代自然文学作家与中国唐代诗人寒山做了比较。称两者栖身地的独特之处都在于与宇宙的贴近。千年之前的寒山，隐居寒崖，为的是"超世累"，过一种以自然为邻的生活。寒山诗云："寒山有一宅，宅中无阑隔。六门左右通，堂中见天碧。"20世纪20年代的贝斯顿只身来到科德角鲜有人迹的海滩，建了一间有七个窗户的房屋，以大海、蓝天、海滩与海鸟为伴，也是为了过一种贴近自然的生活。不仅如此，他们还以诗人和作家的手法，将自己体验自然的经历与精神的升华付诸笔端。他们展现给我们的是一种人类融于大自然的宏伟的宇宙观。贝斯顿深切体会到现代社会的弊病以及大自然的生命活力，他写道："如今的世界由于缺乏原始自然而显得苍白无力。手边没有燃烧着的火，脚下没有可爱的土，没有刚从地下汲起的水，没有新鲜的空气。在我的由海滩及沙丘组成的世界里，大自然的影像栩栩如生。在苍穹之下，这里常年举行着无可比拟的自然的盛会。"而这个盛会的主角便是太阳。全书从始至终都在宣扬"对太阳的崇拜或对燃烧的岁月的崇拜"。这种对燃烧的岁月的崇拜是自然文学的基本形式。贝斯顿声称："在室内度过的一年是翻着日历消磨掉的一段经历，而在旷野中度过的一年则堪称完成了一项盛大的典礼。"他提醒我们，要参与这种仪式，必须懂得对太阳的崇拜，这是我们赖以生存的大自然之戏剧。如果不去欣赏它，不去敬畏它，不去参与它，便是在大自然永恒而富有诗意的精神之前关上了一扇沉重的大门。他劝导我们："对于所有热爱大自然的人，那些对她敞开心扉的人，大地都会付出她的力量,用她自身原始生活中的勃勃生机来支撑他们。抚摸大地,热爱大地,敬重大地,敬仰她的平原、山谷、丘陵和海洋。将你的心灵寄托于她那些宁静的港湾。"这种对太阳及大地的崇拜与现代社会对物质财富的崇拜形成了鲜明的对比。实际上贝斯顿是在敦促我们走出充斥着现代科技的水泥丛林,控制一下我们不顾一切地追求增长及开发的欲望,贴近一点我们久违了的原古自然,感受一下大地深沉永久的节奏,在大自然强大生命力的环绕下,汲取一种秘方以及持续的能量。我们不妨说,在这个急功近利的现代社会,重新联结起我们与原始自然的纽带,让博大的自然依托支撑着人类,已经成为我们生存的需要。

贝斯顿面对星光闪烁的海空,通过日夜的对比,反思人类与自然的关系,表达对夜的崇敬与喜爱。他写道:"白天,宇宙是属于地球与人类的——是人类的太阳在照耀,是人类的云彩在飘动;黑夜,宇宙不再属于人类。"自然所主导的夜,拉近了人与自然界的关系,使人的精神随之升华。他感慨道:夜空"为人的心灵打开了一扇新门"。他把眺望夜空的星河视为一种精神之旅,认为尽管这种旅行是短暂的,但"在此期间,人的心灵在充满激情与尊贵的真诚瞬间得以升华,诗意在这种人的精神与经历中产生"。因此,我们依赖自然不仅仅是生存的需要,而且是精神之需求。因为,诚如贝斯顿所述:"支撑人类生活的那些诸如尊严、美丽及诗意的古老价值观就是出自大自然的灵感。它们产生于自然世界的神秘与美丽。"

注重自然的伦理道德则表达出贝斯顿超前的生态意识。他在书中明确指出,对于动物,我们人类需要持一种新的、更为明智或许更为神秘的观点。他评述道,远离大自然,靠足智多谋而生存,现代文明中的人类是透过富有知识的有色眼镜来观察动物的。我们以施恩者自居,同情动物投错了胎,地位卑微,命运悲惨;而我们恰恰就错在这里,动物是不应当由人来衡量的。在一个比我们的生存环境更为古老而复杂的世界里,动物生长进化得完美而精细,它们生来就有我们所失去或从未拥有过的各种灵敏的感官,它们通过我们从未听过的声音来交流。它们不是我们的同胞,也不是我们的下属;在生活与时光的长河中,它们是与我们共同漂泊的别样种族,同样被华丽的世界所囚禁,被世俗的劳累所折磨。正是有了这种对动物世界的理解,贝斯顿才能心存敬意地观看白天鹅在十月的蓝天下翩然飞过,雁群在三月的黄昏沿着天际闪着金光的一道裂缝飞翔,并且在四月宁静的月光下,听着"一条生命之河流过了天空",那是大批的雁群北飞的声音。从沼泽鹰沉静地对待一只挑衅的燕鸥的观察中,他联想到古埃及人在花岗岩墙壁上雕刻的鹰,赞叹这些埃及人捕捉到了鹰的魂魄,塑造的动物中没有任何人性的迹象。它们沉静、孤傲,是来自粗犷的原始世界中的成员。

  我们通常知道鸟类的迁徙,贝斯顿在书中则详细地描述了鲜为人知的鱼类的迁徙,并从中看到了动物所具有的某种我们人类无法理解的能力。他仔细地观察到,每年四月份,一种灰鲱鱼就会离开大海,游到位于马萨诸塞州苇茅斯的一条小溪中,在一个淡水池塘中产卵。然后,产卵的雌鱼与雄鱼一起越过堤坝,游回大海。在池塘里出生的小鲱鱼在十个月或一年之后追随它们而去,并于来年春季再回来。于是,便留下一个令人百思不解的谜。在茫茫大海的某片水域，每一条产自当地苇茅斯的鱼都记得它出生的那个池塘，并且穿越没有航标的漫漫海路抵达此地。贝斯顿不禁发问："是什么在那一个个冷淡迟钝的小脑子中激起了灵感？当新的曙光撒在潮水形成的河面时，是何等召唤在吸引着它们？这些小生灵凭借着什么找到了它们的航线？鸟类可依据景物、河流以及海角来认路，鱼又是靠什么认路呢？"然而，这些鱼很快就"来到"了苇茅斯，并随着涨满的春水，到了初生地的池塘。从贝斯顿对灰鲱鱼往返于大海及出生地的迁徙的描述中，不仅使我们对动物产生了一种发自内心的好奇与敬意，而且让我们开始思索大自然到处传播生命的渴望与激情。让生命充满世界的每一处角落，让大地、天空及海洋都聚集着生命。我们知道，贝斯顿生活的年代，正值艾略特的《荒原》出版，自然已死的悲观论调充斥着人间。然而，从《遥远的房屋》中，我们读到的却是一种乐观。总结在科德角一年的收获时，贝斯顿写道："有些人问我这如此奇特的一年生活使我对大自然有何种理解？我会答复道，最首要的理解是一种强烈的感受，即创造依然在继续，如今的创造力像自古以来的创造力一样强大，明天的创造力会像世界上任何的创造力那样气吞山河。创造就发生在此时此地。"我们从他的书中得知，在每一处空荡的角落，在所有那些被遗忘的地方，大自然拼命地注入生命，让死者焕发新生，让生者更加生机勃勃。大自然激活生命的热忱，无穷无尽，势不可当，而又毫不留情。贝斯顿感叹道："所有这些她（大自然）的造物，即便是像这些受挫的小'鲱鱼'，为了成就大地的意图，它们要忍受何等的艰难困苦、饥饿寒冷，经受何种不惜遍体鳞伤的厮杀搏斗？又有哪种人类有意识的决心比得上它们没有意识的共同意愿，宁可委屈自我而服从于整个宇宙生命的意志？"这段话令人深思。人类只不过是整个生态体系中的一部分，我们是否应当从动物的这种集体意识中学会重新确立我们的位置，调整我们的行为方式，从而服从整个宇宙生命的意志？

　　当然，最令人心动的当是贝斯顿的语言魅力。他的著述是一种当今社会久违了的"精耕细作"。他的遗孀伊丽莎白·贝斯顿回忆他写《遥远的房屋》时的情景："他总是用铅笔或钢笔写，几乎从不用打字机，唯恐打字的声音扰乱他最看重的句子的韵律。有时他花整个上午的时间来推敲一个句子。"在充斥着"文化快餐"的现代社会中，或许，我们应当给诸如《遥远的房屋》这样为数不多的文学经典留下一片园地。

程　虹

2007年4月

中文版序

从历史内涵及艺术角度解读《遥远的房屋》

巴顿·L.圣阿蒙德[1]

为了使中国读者深刻理解《遥远的房屋》一书的丰富内涵,本人特意撰写此文,作为贝斯顿此书的中文版序。当然,撰写此文,还出于一位美国学者对于此书杰出的译者程虹教授的敬意。多年前,她作为访问学者在我任教的布朗大学(Brown University)深造,从我的课程中产生了对美国自然文学的兴趣并长期致力于这个领域的研究。因此,我欣然撰写此文,既是表达我们对贝斯顿作品共同的兴趣及敬慕,也作为我们多年来的学

---

[1] 本文作者 Barton L.St.Armand,美国布朗大学英语教授。本书注释均为译者注。

术友情以及对自然和自然文学共同爱好的见证。

从历史的角度来看,贝斯顿的《遥远的房屋》堪称西方文明对第一次世界大战意识形态的某种反应。第一次世界大战不仅摧毁了人类的生命,而且摧毁了多种理想主义,其中也包括慈爱的大自然的概念。达尔文适者生存的信条打破了自然是温柔的母亲这一浪漫主义的想象。这场战争淡化了自然,冷落了自然,将自然推向了边缘。1922年,在第一次世界大战结束四年之后,诗人T.S.艾略特(T.S.Eliot,1888—1965)发现四月是一年中"最残酷的月份",可是在14世纪英国经典《坎特伯雷故事集》中描述的这个月份正是宗教朝圣季节的开始。艾略特从欧洲满目疮痍的战场上,从人们心神俱损的心灵创伤中,构造出现代生活的比喻——"荒原"。

亨利·贝斯顿对艾略特那首体现了现代主义的史诗所做出的回应是他于1928年出版的《遥远的房屋》。在书中,他重新创造了一种朝圣,它不是像艾略特所描述的那种基督教的朝圣,而是一种多神论的再现,从而将他与诸如英国诗人鲁珀特·布鲁克(Rupert Brooke,1887—1915)[1]及英国小说家D. H.劳伦斯等其他信奉新的多神教的作家联系在一起。古希腊的朝圣者是通过走向诸如厄琉西斯(Eleusis)等圣地来完成他们的心路历程的,贝斯顿的朝圣则发生在白天灿烂的阳光中,或夜晚闪烁的星空下,带有某种超然及神秘。而且,他进行这种朝圣的方式并非抽象或深

---

1 英国诗人,第一次世界大战爆发后参军,死于败血症。曾是英格兰年轻的"新多神论者"的领袖人物,信奉自然之教义。

奥，而是通过身体的感觉来实现。他告诉我们以前当他在西班牙康普斯特拉的圣詹姆斯大教堂进行罗马天主教的朝圣时，曾拒绝接受银质的海扇贝壳形状的徽章——那是典型的朝圣者的标志，而是从当地渔民那里得到了一个真的海扇贝。顺便解释一下，"康普斯特拉"意为银河，是上苍引导朝圣者走向最终目的地的路标。意味深长的是，圣詹姆斯的朝圣地位于菲尼斯泰角（Cape Finisterre）附近，这是西班牙大陆临大西洋最北部的省份加利西亚最西的地方。"菲尼斯泰"意为"地球的尽头"或"大地的尽头"。在科德角，贝斯顿则找到了同样的一片被大海逐渐侵蚀的寂寥的土地，它位于美国本土的"大地的尽头"。在马萨诸塞州这片海滩上，观望着一道"来自无垠沧海中的碧浪"，他感受到了脚下与远方的联系："在位于西班牙的那片土地与科德角之间的某处，大地的搏动产生了这道碧浪，并将它送上向西的越洋征程。"以这种方式，贝斯顿开始了他的朝圣。

《遥远的房屋》在其特定的时空中，呈现出三维的文学景观。此书中有关作者家世及地域的背景包含了贝斯顿的爱尔兰、法国及新英格兰的传统；其历史及审美的背景分别涉及音乐中的调性（Tonalism）、诗歌中的意象主义（Imagism）及绘画中的彩光画派（Luminesm）；其哲学思路则折射出生机论（Vitalism）、原始主义（Primitivism）及宇宙进化论（Cosmicism）之组合。他的爱尔兰遗传因素继承了遁世修行、清心寡欲的传统。那些6世纪的隐士通常选择离爱尔兰海岸线很远的偏僻小岛，在孤寂的洞穴中寻求灵魂的获救。此种貌似遁世的观念显然将贝斯顿与隐士的传统联系在一起。同样，在中国的文化传统中，也不乏隐士远离尘嚣,到深山老林中修行的例子,比如唐代的寒山。在西方的文化传统中,这种遁世修行的人最初被称作"沙漠神父",即那些4世纪跟随埃及的圣安东尼进入尼罗河水灌溉不到的不毛之地的早期基督教徒。他们愤然离开了他们认定是堕落腐败的社会,宁愿在禁欲般的孤寂环境中生活。

由此,我们可以说《遥远的房屋》也是一部叙述沙漠的作品。尽管书中大西洋占据了显著的位置,但贝斯顿花费了大量笔墨来叙述他房子周围的那片如同小撒哈拉或小戈壁的沙滩。他以沙滩作为荒原或沙漠的象征,来重新评估其价值:这片看似荒凉无情的沙漠,实际上总是充满了不断变化、永远令人着迷的生命力。他以此回应了艾略特的悲观主义并且语出惊人地断言:先知必须在荒漠的孤寂中生长。在美国,继承西方隐士传统的先驱当属亨利·大卫·梭罗(Henry David Thoreau, 1817—1862),在其著名的《瓦尔登湖》(1854)中,他将独处上升为一种崇高的艺术。他还在身后发表的《科德角》(1865)一书中探索了后来贝斯顿一直在关注的诸如适应与生存的问题。梭罗本人也是法国后裔,而这种同样的文化传统在贝斯顿身上则体现为对散文诗的热爱,那是受法国诗人波德莱尔(Baudelaire, 1821—1867)和马拉梅(Mallarme, 1842—1898)等象征派诗歌的影响。然而,我认为,在贝斯顿的作品中,除了精致之外,还有一种可被称作调性的易变性,那是从法国作曲家德彪西和拉威尔的乐曲风格中获取的。《遥远的房屋》中的第三章旨在描写"大海在海滩边的声音",由诸如"节奏""音调""主调"及"弱音"等用于音乐的词语来描述"海上音乐"之和声。不过,英语中的"调性"(Tonalism)一词,亦可用于19世纪后期颇为流行的一种色彩朦胧的画派的手法,表示"色调"。此种画派在美国的主要倡导人是艺术家惠斯勒(James McNeill Whistler,1834—1903)。当然,贝斯顿深感色彩与沙子之间那种强烈的明暗对比,然而,他又受到由埃米·洛厄尔(Amy Lowell,1874—1925)所创立、埃兹拉·庞德(Ezra Pound,1885—1972)所改良的诗歌流派——意象主义的影响,使其作品中显现出柔和流畅的色调。于是,呈现在我们眼前的既有画家贝斯顿的风格,"茶色或近乎鹿色的草地","火红的落日变成了朦胧的深紫红色",以及"粉红与蓝紫色相间的闪电",又有诗人贝斯顿的风采,"鸟类明丽如星的图谱","一卷卷绿色的海草",堪称珠联璧合。诚如罗伯特·芬奇所述,贝斯顿最喜欢用的词语之一便是"易变的"。在他的散文中意象主义的瞬间剪影与各种色调的融合搭配总是交替使用,变幻无穷。而左右这种语言特色的是艺术家本人的全神贯注。爱默生在其著名的散文《论自然》中曾将自己比作"一只透明的眼球"。恰如他的房子"水手舱"窗户遍布,贝斯顿可谓浑身是眼——一个置于海滩边的、旨在透彻观察的"百眼巨人"。谈及他对"窗子的业余爱好"时,贝斯顿写道:

> 我共有十个窗户。大间有七个;一对东窗面朝大海,一对西窗面朝湿地,还有一对南窗及门上的一个窗眼。一间有七个窗子的房屋,位于沙丘之顶,海上的阳光之下,仅仅凭此便可想象出流光四射的情景,一种令人不安的光的把戏。其中的一扇木制百叶窗,我本打算在冬季用,却发现常年都

用得上。我发现如此安排,既能有幽暗的居所,又能有近似户外的内室。我的卧室有三个窗户——一扇朝东,一扇朝西,一扇朝着北方的诺塞特灯塔。

对于这些窗户,当他乐意时,贝斯顿可以闭上他"所有的眼睛",他承认自己是个"睡觉很轻"的人。在夜里,他也常常手持汽灯或手电筒漫步于海滩,这是他迷恋于观察的另一种表示。实际上,"水手舱"已成为一种隐喻意义上的眼睛与堡垒、瞭望塔和灯塔之组合——一种正北方向那座高大的诺塞特灯塔的缩影。贝斯顿甚至描述道:"在漫长的冬天,每逢屋外雷雨交加时,我通常在夜间将一盏灯放在窗边,用文火慢慢地煮一壶咖啡。"从而,展示出一幅温馨的图像,以示他欢迎任何在凄凉的伊斯特姆海滩上遇到麻烦或艰难跋涉的不速之客。罗伯特·芬奇曾谈及贝斯顿幸运的近视眼,但是他也常常在散步时带上一副"好眼镜"或一个望远镜,以作观鸟之用。如同我们借助眼镜或望远镜来调节我们的视力,在他试图真实地"观察"周围的世界时,贝斯顿也不停地聚焦他的目光。以这种方式,他充分利用了他的心灵之窗——眼睛,那情景恰如使用前门上他称之为"窗眼"的窗户。"窗眼"(look-see)在英语口语中还有另一层意思——"迅速地查看"。然而,正如透过窗眼可使得房主查看来访者是何人,是否让他进来一样,贝斯顿时常使用望远镜来决定何时使自己与自然保持距离,何时不露声色,甚至秘密地观察自然。

在追求内心的光明时,贝斯顿采取了同样的做法,对自然之道既保持有距离的关注,又表示顺从,与自然现象保持一种感官上的接触，又对于充满诱惑、疏远陌生的外在世界持有必要的孤傲。这不由得使我们想起19世纪美国一个著名的画派——彩光画派。之所以这样命名，是因为此画派的画家关注的主要是沿新英格兰海岸线的光与环境的不断变化。除此之外，这些艺术家还在其绘画中有意删去了几抹色彩，从而使画家本人及观画者与他们着色的风景及海景保持一定的距离。彩光画派通常描绘的是在孤寂荒凉的海滩上强风暴雨的景况，显然，贝斯顿承袭了此画派的传统风格。

贝斯顿从新英格兰传统中所采纳的另外三种思维方式是宇宙进化论、生机论及原始主义。如同其精神的先驱《瓦尔登湖》一样，《遥远的房屋》不仅是一种自我及精神的变形之仪式，而且是一种不断追求纯洁的纪实。老式的新英格兰清教是由加尔文教派的思想所控制的，使得生命成为一部伟大的戏剧。贝斯顿所记录的正是这种宇宙间上演的戏剧。其中既有他称之为"对太阳的朝圣"的图像，又有诸如"蒙特克莱号失事船"那类"原始的悲剧"。尽管海滩上常有死神之威胁，贝斯顿内心那种潜在的、悲观的宇宙进化论始终与生机论及原始主义齐头并进。他的原始主义——其本身是战后反对维多利亚后期过于奢华的装潢及设计——欣赏的是简单的形式、光洁的表面及精致的质地。同时，它也与美国人希望重返无拘无束的人类源头、回归未开化的原始荒野的冲动相吻合。在十二月的一天，从科德角望着一轮落日，贝斯顿想象出一幅古老的画面："一些古人……呼唤这白色的神明回到他们的树林及田野；或许已经绝种的土著诺塞特人曾在那些内陆的湿地上跳着祭祀的舞蹈，同一股西北风把整齐的鼓点声吹向这些沙丘。"在他的书中，贝斯顿想重新唤回或再创那种舞蹈，并且为"我们称之为强大的生命力"唱一曲赞歌，因为对他而言，"生命如同电能及万有引力一样，是宇宙中的一种力量，生命的存在支撑着生命的延续"。此处，贝斯顿接受了法国哲学家亨利·柏格森（Henri Bergson，1859—1941）"生命冲动"[1]的概念，并将它应用于现实生活。其情景正如当年梭罗采纳了爱默生的超验主义并在瓦尔登湖畔将其付诸实践一样。

贝斯顿在书中以如诗如画的语言，多处赞颂生机论的神圣与庄严。他以一个裸体的年轻人矫健跃入海浪的剪影，为赞美纯洁唱出最后一首颂歌，从而冲洗了人类荒原中"现代文明的浊气"。实际上，这种自然的浸礼是贝斯顿的多神教朝圣及心灵净化仪式的尾声。这名年轻泳者作为一种原型不仅再现了美国土著人对"裸露的自然"的坦诚相待以及融入自然界的神秘之感，而且还展示出古希腊所崇尚的裸体运动者的强壮与威力。它是一幅人与自然完全融于一体的图像。这名裸体的游泳健儿还使人们联想起惠特曼（Walt Whitman）那些充满了自由气息的诗歌以及贝斯顿的同代人，才华横溢的艺术家及插图画家洛克威尔·肯特（Rockwell Kent，1882—1971）塑造的那些以孤寂的风景和海景为背景的裸体劳动者、运动员和海员。它赞扬的不仅仅是人体，而是重新肯定了自然机能的强壮以及所有生物之间的亲族关系。贝斯顿以此种满不在乎、津津乐道的窥视来结束他的作品，这本

---

[1] 柏格森认为整个进化过程是"生命冲动"的绵延，其不断发展，不断产生新的形式。

身就是一种超验主义的"高层次的观看"。这全神贯注的最后一瞥，是一种他个人内心的生机论、多神论及宇宙进化论三位一体的组合。在这种个体的、独创的、自立的方式中，贝斯顿完成了尼采式的对价值的重新评估。在这个过程中，大海与沙漠的荒原变成了生命之泉，一个被限制于实验室和试管中迟钝而麻木的自然又颤动着重新获取了完整及尊严。贝斯顿的远见卓识使他在当年就预见到了詹姆斯·洛夫洛克（James Lovelock）在20世纪70年代才发表的"盖娅"（Gaia）学说，即地球本身是一个充满生机的物体，值得人类朝圣和敬仰，自然既不能被视为一个冰冷的机器，也不能被视为一个可爱的、随意的玩具。贝斯顿刻意引用了英国桂冠诗人丁尼生（Alfred Tennyson，1809—1892）在其维多利亚挽歌《悼念》中有关"青面獠牙的自然"的名句，并在他本人的作品结尾时问道：

> 你会说，那么自然本身——那个残酷无情、青面獠牙的机器又是怎么样的呢？其实，它并非是如你想象的那么一架机器。至于"青面獠牙"，无论何时我听到这个短语或类似的词语，就知道某个走马观花的人又在从书本中解读生活。的确，自然中是有一些貌似冷酷的安排。但是，我们要意识到眼下时兴的是用人类的价值观来衡量这些安排。期待着自然来迎合人类的价值观，就如同要她来到你的房中做客。

在他的整部书中，贝斯顿都是透过自己心灵前门上的"窗眼"来窥视自然的，而不是请自然走进门来做一次理智的拜访。

他必须走出去观看自然，在充满感觉的大地上接触自然。不同于西方爱尔兰僧侣那种清心寡欲的隐士传统，贝斯顿是通过自己的身体及敞开的感官来了解和接触自然的。然而，他又与自然之神保持着一定距离，以免被后者刺眼的光亮伤及双眼，或被后者令人耀眼的光芒所吞没。当1世纪的罗马历史学家普鲁塔克（Plutarch）在埃及的塞斯观看披着面纱的古埃及女神爱希斯的雕像时，他注意到了雕像底座上刻的字："古往今来我一直都是这个样子，将来也是如此。没人能揭开我的面纱。"贝斯顿也不会揭掉那层面纱，因为他希望保持它的神秘感。然而，这并不意味着他不能在一个安全的距离，以欣赏和敬慕的态度来接近披着面纱的自然之神。在经历了第一次世界大战的沉痛教训之后，他感到对于自然的态度既不必一味地阿谀奉承，又不必过于胆怯害怕。不要将自然正常的牙齿夸大为"獠牙"。在一定的环境下，自然或许会露出它的尖牙利齿来伤害我们，但是它也具有令人敬仰、千变万化、美丽动人、闪闪发光的面相。正如那名裸体的游泳健儿的例子所示，我们甚至可以浸入自然之中，即使不能完全与之交融。贝斯顿告诫我们，自然中的许多生物群，"沉静孤傲，是来自粗犷的原始世界中的成员"，远非我们人类社会的思想所能理解。在科德角的海滩上经历了耳闻目睹的亲身体验之后，贝斯顿总结道："将你的双手像举过火焰那样举过大地。"因为自然会烧伤你，但最终，他看到了自然，如同能灼伤人的火焰也可以用来医治、更新、复活与修复。

2007年3月于布朗大学

导　读

罗伯特·芬奇[1]

科德角外滩那片由冰川形成的巨大峭壁，从浩瀚的大西洋中升起，饱经沧桑，威严壮丽，将大海与科德角湾分作两处。这道屏障上多彩的泥沙随风移动着，或者说，成片地倾斜撒落，填充了下面的海滩。这海滩本身呈弧形延伸了二十多英里。漫步于此地，最多只能看到前方两三英里处曲线形的风景。海滩在夏季宽阔而徐缓地伸入大海；在冬季则变得短而陡峭。经年累月，不停地造访海滩并改变其面貌的是大海。在风和日丽之日，大海伴随着轻柔而规则的韵律而来；在东北风呼啸的日子，大海携带着毁灭性的愤怒而至。这里，如亨利·贝斯顿所述，就是"大海……与屹立于两个世界之间的最后一道屏障相遇"的地方。没有其他任何一片景观与它相似。

这片海岸已成为美国自然文学写作所关注的沃土。1620年秋，当那些历经艰险、穿越了大西洋的英国清教徒移民初次在此处登陆时，威廉·布雷德福在其著作《普利茅斯开发史》中描

---

[1] 罗伯特·芬奇（Robert Finch, 1943— ），生活在科德角的美国自然文学作家，著有多部有关科德角的书，主编了《诺顿自然文学文选》(*The Norton Book of Nature Writing*, 1990)。

述道，这片海滩以"荒凉野蛮的色调"来迎接他们，从而使之成为一个写作主题，唤起人们对北美海岸最初的记忆。几个世纪以来，不计其数的散文作家、诗人及小说家书写着它那意味深远的风景。在这片大陆，鲜有其他任何面积相当的区域被如此这般广泛深切地描述过。这或许是因为这片陆地与大海的相遇之地——科德角那点缀着人类痕迹的温柔沙滩与狂野无形、变幻莫测的无际海洋相遇——使得我们看到了心驰神往的景色，为我们提供了弘扬个性、抒发心声的原始素材。

1924年夏季，时年三十六岁的亨利·贝斯顿·希恩（Henry Beston Sheahan）第一次来到海岸警卫队海滩（当时它被称作伊斯特姆海滩）。尽管之前他已出版了五本书（其中包括一本描述他在第一次世界大战中当志愿者经历的书及两本童话故事），但还没有成名，依然在努力寻求适合自己的写作题材及风格。战后，他曾在里昂大学任教一年，并漫游于法国，沉浸在自己深深喜爱的法国文化之中。但是，像另一位移居国外的美国作家威廉·福克纳（William Faulkner）一样，贝斯顿必须返回家乡，或者说，靠近家乡，才能找到作为一个作家的真实个性。

虽然贝斯顿于1888年生于美国两位前总统亚当斯父子的出生地——马萨诸塞州的昆西，并身为哈佛的毕业生，他却不是扬基佬。[1] 其父是具有爱尔兰血统的名医，其母是法国天主教徒。他在英法双语的环境中长大，并声称用法语思维如同用英语思维一

---

1 指老式作风的美国新英格兰人。

样自如。如同康拉德[1]一样，这种双语的优势似乎使他在书面语言的语调韵律方面得心应手。

随着写作生涯的进展，贝斯顿仿佛越来越显示出他法语方面的个性。他的处女作《卷毛自愿者》（*A Volunteer Poilu*）是以他的名字贝斯顿·希恩发表的，但是后来他采用了贝斯顿作为写作的专用名称，那是沿用其祖母家的姓氏。他总是衣冠楚楚。有一张他在外海滩上拍的照片，大约摄于1927年。照片上是一个具有法国古典美的高个英俊男子，留着修剪整齐的小胡子，戴一顶法国贝雷帽，身着深色双排扣套装，上面醒目地插着一方蓬松的白手绢。梭罗去瓦尔登湖时，带了一支笛子；贝斯顿去大海滩时，带的是六角形手风琴。

七十五年前梭罗的那次著名的科德角之行带有典型的扬基佬的目的性："我希望一睹大海之貌，因为我们得知，海洋占据了地球三分之二之多的面积……"然而，贝斯顿去科德角则是随着对那片土地不断的理解，渐渐地被它所吸引的。1925年，他在位于伊斯特姆海岸救生站以南两英里处荒凉的海滩上购置了大约五十英亩的沙丘地。他为自己设计并建造了一所有两个房间的房子，称之为"水手舱"。这房子虽小却并非特别简陋。他只是想把它作为短期休假之用，"从未打算用这所房子作为长居之处"。

翌年九月，他去那里住了两周，可是，"当两周结束后，我迟迟没有离去。时值秋季，这片土地以及外海的美丽与神秘令我

---

[1] 约瑟夫·康拉德（Joseph Conrad，1857—1924），波兰出生的英国小说家，波兰语为其母语，后移民英国，用英语写作，被认为是英国文学史上最伟大的作家之一。

心醉神迷，无法离去"。他似乎感到在此地，他终于找到了一个作家的表达方式，于是便留了下来。1926年12月，他在日记中用法语写下了自己的写作主题与目标：

大自然——我的领域。

作品——歌颂展示大自然及物质世界的神秘、美丽及盛典。

我的名字将与这种情感相系。

尽管致力于作一名描述自然的作家（他生前喜欢用此语描述自己），贝斯顿好像并无心将自己在海滩上一年的生活经历写成一本书。此书的写就多亏了他当时的未婚妻伊丽莎白·科茨沃思（Elizabeth Coatsworth）。她本人也是作家，并且坚信亨利的才华必将使他前途无量。贝斯顿于1927秋天离开了海滩，带着几本写满了原始资料的笔记本，却没有可供发表的文稿。当他向伊丽莎白请求择日完婚时，她答道："不出书，不结婚。"《遥远的房屋》于1928年秋出版，两人于次年6月完婚。

《遥远的房屋》最初销量平平，然而，其读者群却在不停地增大。到了1949年它已印刷了十一版。1953年，它的法文版以《世界尽头的一所房屋》为题问世。随着第二次世界大战战后环境文学的出现，它开始成为某种崇拜的对象。雷切尔·卡森（Rachel Carson）称它是唯一影响她写作的书。1960年，联邦官员引用《遥远的房屋》的片段作为建立科德角国家海滨公园的一种动力。如今它被公认是美国自然文学的一部经典。一代又一代后人似乎都从此书中挖掘出新的非凡魅力。

尽管当贝斯顿写《遥远的房屋》时已是人到中年，但它却是一本年轻人的书，激情奔放，充满了发现外界与自我发现的好奇心。自从《瓦尔登湖》问世之后，美国读者对于与世隔绝的传奇式生活及荒野中孤独的探索者就情有独钟。梭罗走向康科德的林子，如他所述"是为了从容地生活，只面对生活的基本事实……深深地把生命的精髓都吸到"。当贝斯顿解释他为什么决定在海滩上留下来时，其中也有着同样的对"基本事实"的追求以及生动活现的生活经历：

> 如今的世界由于缺乏原始自然而显得苍白无力。手边没有燃烧着的火，脚下没有可爱的土，没有刚从地下汲起的水，没有新鲜的空气……我在这里待得越久，就越急于了解这片海岸并分享它那神秘而自然的生活。

然而，与这种充满朝气的浪漫主义激情相配的是一种成熟稳重的个性，那种体验了世界并知道其真实所在的个性。与梭罗那种对"大众"采取的犀利而具有挑战性的态度相比，贝斯顿的态度则是平易近人、和蔼可亲的。他或许会谴责我们的"文明被权力所主宰，以能量的方式来解释整个文明世界"，但是他对待读者的态度是包容的，是惠特曼[1]式的，邀请我们与他一同上路，去分享、遨游与探索。

1　此处指美国19世纪诗人沃尔特·惠特曼（Walt Whitman，1819—1892）。

尽管贝斯顿的作品被奉为经典,并时常为自然保护运动所引用,但人们并不视他为奥尔多·利奥波德(Aldo Leopold)或雷切尔·卡森那样的早期环境保护问题的思想家。[1] 不同于他们,他不是一个训练有素的科学家,甚至都称不上一个内行的野外博物学家。他喜欢给人以诗意的印象,而不是科学的精确感。(虽然近视,他却很少用眼镜。"当我不戴眼镜时,周围的一切像织锦画似的,更为美丽。")事实上,他的观察及描述大多似乎都来自想象而不是自然。否则的话,他又怎能写出新年那天正逢交配期的翻石鹬展翅飞翔的精彩片段?

贝斯顿首先视自己为一个作家,而不是一个博物学家。《遥远的房屋》中那种丰富想象力的发挥才是我们要寻求的此书经久不衰的魅力所在。如同他的先人与后人一样,他深知我们人类对野生自然的需求与反应始于精神之根源。作为一个作家,他的成功之本在于将一个触手可及、生机勃勃、充满戏剧性的宇宙世界呈现于世人,以构成人类的精神需求无法与野生自然相分离的认知。

作为一个文体家,贝斯顿绝对是一个追求完美写作风格的大师。他的妻子告诉我们:"有时他花整个上午的时间来推敲一个句子,直到他对词句及韵律都满意为止,因为这对他来说同样重

---

[1] 利奥波德著有《沙乡年历》(*A Sand County Almanac*, 1949),其中,他提出了"土地伦理"的概念,呼吁人们培养一种"生态良心",被誉为"生态伦理之父"。卡森的著作《寂静的春天》(*The Silent Spring*, 1962),创建了生态启示文学,阐明不断使用杀虫剂对生命造成的威胁,在某种程度上,此书促成了第一个地球日的建立。

要。"结果是,他的作品文采飞扬,朗朗上口,无可匹敌。他的词句都经过精推细敲,充满寓意及乐感,可谓音韵悠扬。除了深受他喜爱的高卢文化影响之外,贝斯顿的文体还可追溯到英王詹姆斯一世时期那些散文大师:约翰·多恩(John Donne)、托马斯·布朗(Thomas Browne),以及英王詹姆斯一世《圣经》钦定本(*The King James Bible*)的作者们[1]。他常常将头韵、拟声韵、词间韵及抒情诗中的其他手法交替使用。让我们来看一看他在描述被风吹动的沙草时所表现的那种受到压抑的激情:

> 那些在夏季的西南风中如同麦浪翻滚的、绿油油的、盘根错节的青草,如今已经枯萎成一片稀疏的草丛,每株草都像是一只拳头,握着一把泛白的丝须。

为了表达他在海滩上获得的原创性感受,他毫不犹豫地去寻求抽象的短语以达到高潮的效果。比如,他将海鸟喜迁徙的冲动描述为"远方的未知世界尽体现于这空中鲜亮的血肉之躯之中"。同时,在精确地表达感观经历方面,几乎无人能与他相比,无论是当他在夜间踩到一条被冲上岸的鳐鱼("黑暗之中,突然有个意料之外的庞然大物在我的光脚下蠕动,令人恐惧"),还是仅仅注意到了一个秋天傍晚的落日之余晖("那平稳沉静的光之尘埃")。实际上,此书的某些章节,读起来都颇能使我们对作者

---

[1] 此处指取以前所有《圣经》英译本之长而成的1611年钦定本,由英王詹姆斯一世任命的五十四名学者完成,被认为是力避拘泥于字面直译而大量使用转喻词的詹姆斯风格的杰出英译本。

的独特个性有个概览。"拍岸巨浪"将海浪的悦耳之声娓娓道来;"大海滩的夜晚"讲述的是对人类触觉感的重新发现;"高潮之年"颂扬的是嗅觉,因为,如贝斯顿所述,鼻子在英国人看来依然"是某种粗俗的器官"。

总之,他的描述充满活力,是他所观察与感觉到的事物之丰富的语言组合。这充分体现出他的信条,即对于自然的全面理解需要观察者对被观察物全身心地投入,其中包括使用所有健全及可接受的感观。换言之,他的文体反映出他的信念:"就理解力而言,诗歌的作用如同科学一样重要。"

然而,《遥远的房屋》的语言并非仅仅是为其自身的美妙而存在,它是为了烘托强调此书最显著的特征:大自然之戏剧那种博大壮观的感觉。鲜有其他的书卷给人以这种开篇见好的承诺。它那令人过目难忘的前几段,滔滔不绝、跌宕起伏的长句,气势磅礴、惊天动地的韵律,即刻营造出一种天荒地老、沧海桑田的时空感。这种技巧是一种有意使用的摄影术。贝斯顿像空中摄影机那样,将他的写作主题的全景摄入镜头,然后,再逐渐聚焦到他那一小片海滩上。从一开始,我们就感到被某种英雄史诗所吸引,被大于生活的非凡壮举所触动:

> 年复一年,大海试图侵吞土地;年复一年,土地为捍卫自己而战,尽其精力及创造力,令其植物悄然地沿海滩滋长蔓延,组成草与蔓编织的网,拢住了前沿的沙石,任凭风吹雨打。

他宣称:"我迈步走进了漫长而明媚的岁月。"与他一起,我们走进了一个即便是在貌似平常的岁月也充满了冒险与惊奇的世界。在20世纪20年代,这片外海滩依然是许多险情与海难的见证地。沉船与死人司空见惯。一名年轻的海岸警卫队员在夜间巡逻的途中,或许会在海滩上被他淹死的父亲的尸体所绊倒。贝斯顿本人在海滩上居住期间也遭遇到生命的威胁。他在海滩上经历了一场冬季最强烈的风暴,滚滚而来的海浪,近在咫尺,直逼他所居住的小屋。在那场风暴中,他事后向一个朋友吐露:"有一两次,我都险些丧命。"

尽管书中呈现出这种"可怕的自然灾难",但在更为宏大的客观世界的戏剧中,人类的戏剧却居于相应次要的地位。在这个世界之中,作者通常是以非人类的面孔来表现勇气、胆量、美丽、神秘及苦难。成群的水鸟同时转弯并蜂拥向前时所具有的那种神秘的心灵感应;迁徙中的黑脉金斑蝶以其鲁莽的冒险精神令贝斯顿敬佩与好奇;一头小雌鹿受困于冰水淹没的沼泽地中,熬过了冬季的一个漫漫长夜,"顽强地求生";一只鸽鹰,从沙丘的河道中飞起,"将一只可怜的雪鹀紧抓在胸前"。

然而,即便是这种非人类的戏剧也蕴藏着丰富的内涵。动荡不息的海洋及变幻莫测的大地赋予海滩上所有生物以勃勃的生机。甚至连那些最微不足道的物体都拥有了瞬间被赋予生命的权力,成为意志的载体,闪烁着意义的光芒。固定的海滩植物"由沙丘的边缘跃出,蔓延到光秃秃的山坡"。沙子以"风中恶魔"的形式拥有了自己的生命。它是"一道褐色的强烈的光柱,旋转着、闪烁着变幻莫测的色泽"。当作者的目光追随着"从海上的残骸中漂浮向岸边的一个斑点"时，却发现它是"一片秋叶，一片被海水浸透的红枫叶"。一个在浓雾中进行夜间巡逻的海岸警卫队员被"一个又黑又大、边滚边发出呻吟声的捆绑着的家伙"吓得不知所措。那个怪物原来是一只巨大的空木桶。每逢风灌进开着的桶孔时就会发出响声。

贝斯顿的风景中上演着生与死的戏剧。当他声称自己从未感到过厌倦，因为"总是有事可做"时，我们对他的话确信无疑。在此书的一处精彩片段中，他描述了在一场狂野的冬季风暴中，沙丘中掩埋已久的一件黑乎乎的古老沉船的残骸怎样"漂浮移动……从自己的坟墓中摇动出来，将自己的一把老骨头再次交给肆虐的狂风，任其摆布"。这的确是一件不可思议的事情。然而，在这个生与死不停地变化并相互更替的世界里，我们对此并不感到惊奇。

诸如此类的生动场面及影像散落于贝斯顿这本关于海滩的书页之中，可是它们却鲜以整幅风景画的形式展现在我们面前，而是通过紧凑的故事片段，附以不寻常的音韵浮现出来。零零碎碎的小事件具有了鲜明且令人难以忘怀的个性及意义。书中最常用的一个形容词是"易变的"。海滩成为一个总是在变、永无完结但总是充满意义的地方，那是"一种亦真亦幻的结合"。对于贝斯顿而言，自然是所有人类之美的无形的根源，不断地为我们提供富有寓意的表达方式。

像他生前与身后的自然文学作家一样，贝斯顿用自然之年的隐喻方式来构成此书的框架。就其写作风格而言，大多采用了比喻。作者将他在海滩上居住的一年视为正在进行的一项盛大的庆典，从而使得《遥远的房屋》才华横溢。"平平常常度过的一年，"他说，"与其说是一部伟大的戏剧，不如说是一种仪式。"随后他又说："在旷野中度过的一年则堪称完成了一项盛大的典礼。"他独具匠心，用仪式性的语言，反复将海滩上的自然现象比作由象征性角色组成的行进于圣地上的盛典：

> 雾中冲出的海浪波涛汹涌。风卷起了沙子，沉稳悲伤地把海浪像庄严的殉道者一样送上不归之路。

贝斯顿笔下的景物，看上去常常体现出他挥洒自如、气势磅礴的文体，实际上却无不是精挑细选，将最不起眼的事物置于这种宇宙的典礼之中。一群小海鸟"变成了一幅明丽如星的图谱，一幅生动活泼、转瞬即逝的昴星团"。夜间漫步于被冲上海滩的发光的浮游生物之中，他评述道："我走在一团火星之中。"即便是冬季沙丘上昆虫绝迹的现象也唤起他充满诗意的联想，即太阳的循环能将万物，甚至最小及深埋于地下的生物都包裹其中，连在一起：

> 可是，你依然感到了他们（昆虫）的存在。众多的母亲从颤动着的身体中产下了不计其数的小虫卵，并将他们精心地隐藏在草丛中、湿地里及沙滩上，期待着阳光普照，大地回春。

这种典礼的中心是太阳的影像。究其根本，《遥远的房屋》

是一本关于太阳崇拜的书。它不仅仅是变化中的自然戏剧的生动记录,更是一种对太阳年的献祭仪式,一种描述歌颂它的进程的仪式,一种重新将人类的观点及联想投入它那博大的循环与和谐中的奉献之举。

"太阳那充满刺激性的经历,"贝斯顿声称,"是我们赖以生存的大自然之戏剧。"在全书中,太阳作为主角及首要布景反复亮相于这部戏剧中:"从岁月的圣坛上走下来的太阳,礼节性地在夏季的门槛上停步";"阳光在流溢,岁月在燃烧";"在秋季,我连续几周观赏着那一团大火球沿着沼泽地后面荒原的地平线向南移动";"不变的总是那轮闪闪发光、至高无上的太阳"。

对于当代读者而言,将自然之年视为某种我们生存于其中的隐喻似乎有些怪异。就个体而论,我们已经不再参与自然的进程,从而疏远了四季交替的特性与模式。与世隔绝,待在空调房中,乘飞机旅行,这一切使得我们相信,在很大程度上,我们已经不再受地球原始节奏的约束。即使我们从隐喻的角度来思索岁月,也只不过是文人伤感的诗歌或贺年片上的诗句罢了,而不是把它作为一种将我们置于其中的正在进行的宏伟盛典。

作为一名自然文学作家,贝斯顿独特的优势在于他能够重新将我们从情感及想象的角度与那些我们人生最基本的自然根源联系在一起,将我们与一个更为博大、比他称之为"我们奇妙的人类文明"持续得更久远的世界连在一起。我认为,《遥远的房屋》的重大意义及其永久的魅力在于它的感召力。它提醒我们,即便是生活于计算机时代,我们依然要依赖于地球深沉永久的节奏,以及它的完整与安定。尽管我们在损害地球的基本系统并趋于使之破裂,我们依然要继续指望地球给我们提供安全稳定的生活环境。是地球给了我们实施我们那些大胆鲁莽、不顾一切地追求功绩、增长及开发的自由。可是,虽然我们迷恋自由,我们对自由的欲望就如同孩童的愿望一样,需要限定一个安全的范围。我们必须懂得无论我们走多远,无论我们在地球上的竞争有多么激烈,当我们失足跌落时,地球将在那里托住我们,把我们从毁灭的边缘救起。岁月的循环是基于"对太阳的崇拜",它不仅仅是为人类的舒适与快乐而存在的现象,它表明宇宙天长地久,我们不过是隶属于一个更为宏大、比我们短暂的热情更为可靠的世界。正是因为如此,我们才必须懂得昆虫要冬眠,鸟儿要迁徙,潮涨亦会退,冰雪会融化,阳光会重返大地,万物会复苏。

这就是为什么,如贝斯顿所述,"崇拜燃烧的岁月"是自然文学的基本形式。尽管在过去的一个世纪中,许多关于物体存在的新奇动人的比喻层出不穷——进化论(evolution)、为我基因论(selfish genes)、宇宙大爆炸学说(the Big Bang)、测不准原理(the uncertainty principle)、深层时间论(deep time)等等,但我们却反复地回归对燃烧岁月的崇拜,因为自然的轮回才是我们生命的进程与形式之根本影像的永久源泉。我们依赖它,不仅作为生存之需要,而且作为我们的语言及自我表达方式的原始材料。人类生命,贝斯顿概括道,本身就是一种对自然的崇拜:

> 支撑人类生活的那些诸如尊严、美丽及诗意的古老价值观,是出自大自然的灵感。它们产生于自然世界的神秘与美丽。

在此书的倒数第二章里，有对一个裸体冲浪者的精彩描述。那段描述自然优美、充满活力，堪与惠特曼的手法媲美，但又全无窥淫之嫌。尽管用词简练，却是理想主义与现实主义的完美结合，使人意识到"人体的奥妙：当它美丽之时，任何东西都无法与其浑厚富有韵味的美相匹敌，而当美丽不再，或已经衰退时，它又会陷入何等悲哀凄惨的丑陋"。

上述段落中体现出的理想主义与现实主义的结合在整部书中随处可见，赋予了此书独特的力量。因为贝斯顿从延伸的角度，视科德角的大海滩为充满活力、两极互补的地方：虚幻与现实、美丽与恐怖、巧合与规律、人类与"非人类"。关于那个冲浪人的描述是"人体在自然的景色里自由舒展但又不失人性的瞬间画面"。贝斯顿暂时调解了个人与社会需求的冲突，捕捉住了他本人在海滩上的理想形象那永恒之瞬间。然而，如同所有在荒野中的旅居者一样，他必须离开发现自己梦想的地方，以便将它转述给我们。

在"遥远的房屋"中度过的一年结束于晚秋，或者如贝斯顿所述，结束于"年之高潮"。后来的事实证明，此书也是他作家生涯之"高潮"。婚后他携妻迁至位于缅因州诺布尔巴罗的奇姆内农场，并在那里度过了余生。其间，他很少再光顾科德角。他后来又出版了九部有关自然的作品，其中包括《药草与大地》（Herbs and the Earth，1935）、《圣劳伦斯河》（The St. Lawrence，1942）以及《北方农场》（Northern Farm，1948），后者记述了他颇具绅士风度的农场主生活。在他后来出版的这些书中，也有许多精彩的片段（比如《药草与大地》的开篇部分）。但是他再也无法达到在《遥远的房屋》中表现出的那种持久的写作高度——其主题与文体天衣无缝之结合，其素材之巧妙的利用，其个性鲜明、自由奔放、激情洋溢的感觉。自从他为1949年版本的《遥远的房屋》作序之后，此序已成为书的一部分。在他生命的最后二十多年里，他的著述很少。

然而，贝斯顿及其《遥远的房屋》却持续不断地获得荣誉。他被授予两个荣誉博士学位。美国人文与科学院（the American Academy of Arts and Sciences）因其在文学中的突出贡献授予他奖章（在他之前，只有罗伯特·弗罗斯特和T.S.艾略特[1]受此殊荣）。1964年秋，他最后一次重返海岸警卫队海滩，为他在海滩上的小屋成为"国家文物建筑"献词。由于海水侵蚀海滩，他于1960年捐献给马萨诸塞州奥杜邦协会[2]的"水手舱"，已经被迫后移，并且在几年后再次后移，成为当时唯一的一处移动着的文物建筑。

亨利·贝斯顿于1968年去世。每年夏季，他那所海滩上的房子都不断地出租给奥杜邦协会会员，直至1978年。那年2月，一场巨大的冬季风暴，堪与他在书中"仲冬"一章中所描述的风暴相匹敌，将"水手舱"掀起，卷入了大海。如今那里复原的只是一块标明它是国家文物建筑的铜牌，以及——令人啼笑皆非的

1　罗伯特·弗罗斯特（Robert Frost，1874—1963），T. S.艾略特（T. S. Eliot，1888—1965），均为美国著名诗人。
2　奥杜邦协会（Audubon Society）是以美国鸟类学家、画家及博物学家约翰·詹姆斯·奥杜邦（John James Audubon，1785—1851）的名字命名的自然保护组织。

是——户外厕所。那场风暴过后的第一天,我接了一个朋友的电话,他问道:"你听说'遥远的房屋'毁灭了吗?"从某种意义上说,以这种用于表达思想、灵魂及人类自由之理念的词语来表述它被风暴摧毁,似乎是恰如其分的。

1949年版作者序

　　随着这一版《遥远的房屋》的问世，此书度过了它二十周年的生日，并发行了十一版。书的内容没有变更，依然如故，如当时将它注入笔端时的情景一样：那是在俯瞰北大西洋及连绵的沙丘的那间厨房的长桌边侧，小屋里充满了从沙丘反射过来的黄灿灿的阳光，以及大海洪亮的涛声。

　　博物学家通常享有某种特权，将自身投入一个高于并超越了人类野蛮行为的更为伟大的世界之中。无论我们人类经历着什么事情，我们的阴影都不会遮住冉冉升起的红日，不会阻止徐徐吹来的风，或让节奏鲜明、急湍湍地涌向海滩的海浪停步。在科德角的外海滩，沙丘依然耸立，光秃秃的沙壁仿佛毫无改变。然而，对于记忆的目光而言，海风和海浪已在不经意中改变了它的模样。大海一直眷顾的那所小房子，在飓风的威力下，被迫加固并新添了一个烟囱。除此之外，一切依旧。海岸警卫站的活动有所不同，并增添了一些新面孔。来访者会发现这些新人是记载于此书中那些警卫队员的后代。然而，沙丘的王国对这些变化漠不关心。在那片阳光灿烂的洼地里，在风吹沙动以及潮起潮落之中，你看到的依然是一个不受人类干扰的世界，一片急切地进行着永久性创造的场地，一幕燃烧的岁月的盛典。

当我重读这些篇章时，此书似乎还是起初我给它命名时的那样："在科德角海滩上一年的生活。"鸟类的迁徙、从东面海浪中升起的寒星、黑夜及风暴、冬日的沉寂、仲夏沙丘上闪光的草叶，直至今日，所有这一切都须用心观察，方能看清。然而，随着时光的流逝，书中的字里行间显现出某种同样引起我关注的兴趣点。那就是人们深思冥想的那个概念："自然"与人类精神的关系。当我提及自然时，将整个宇宙大视图包括其中。我再次设定了我一如既往信奉的核心问题。自然是我们人性的一部分，假若没有意识到和体验到自然神圣的奥秘，人便不再是人。当天上的七姊妹星团与地上风吹草动的景色不再成为人类精神的一部分，不再成为我们身心的一部分，人类就会回到其原始的状态，变成某种被宇宙驱逐的人，既不具备动物的健全与完整，又无真实的人类与生俱来的权利。这正如我在某个场合所述："人类或者还不足以完全进化为人或者进化得过了头。两者都堪称怪物，而后者更为可怕。"

作者在此衷心感谢赖恩哈特公司的朋友们，是他们的良好愿望使得此书再版。还要由衷地感谢达特茅斯学院（Dartmouth College）教授赫伯特·福克纳·韦斯特，他是致力于描写美国自然的作家忠实可靠、颇有眼力的朋友。

亨利·贝斯顿
1949年1月

第一章

海 滩

一

　　位于北美海岸线东部的前沿，距马萨诸塞州内海岸三十多英里处，在浩瀚的大西洋中曾经有一片古老的、已经消失的土地。如今，这里屹立着那片土地的最后一抹残迹。这最后一片由泥土及黏土混合而成的土地，构成了被海水逐渐侵蚀的大片峭壁，向大海延伸了二十英里，直面海上的汹涌波涛。它跌宕起伏，边缘的高度距海浪时而是一百英尺，时而是一百五十英尺。尽管受到激浪的冲击、风雨的侵蚀，它依旧岿然屹立。泥土、砾石及沙子混合形成了它的岩层，赋予它多种色彩：这里是象牙色，那里是黑灰色，间或还有更加深暗古老的象牙色及光泽动人的红褐色。傍晚，它的边缘向着辉煌的西方，岩壁成为一团阴影，渐渐跌入永不平息的大海。黎明，海上初升的红日给它抹上一缕宁静的光泽，这光时弱时强，渐渐地迷失于白昼。

在这悬崖的脚下，辽阔的海滩横亘南北，连绵不绝。孤寂无人，久经风雨，纯洁自然，远离尘嚣，这片只是被外海造访及拥有的海滩或许是一个世界的结束或开端。年复一年，大海试图侵吞土地；年复一年，土地为捍卫自己而战，尽其精力及创造力，令其植物悄然地沿海滩滋长蔓延，组成草与蔓编织的网，拢住了前沿的沙石，任凭风吹雨打。大自然的伟大韵律，如今虽被忽视及伤害，但在这里得以充分展示其广阔而远古的自由；云与影，风与浪，日与夜的交替。旅途中的鸟儿在这里歇脚，又神不知鬼不觉地离去。各种鱼类在扑向海岸的海浪下游动。罕见的巨浪惊涛拍天。

尽管人们传说这道屏障完全是冰河时期的产物，但它却是以新的面貌浮出水面的一片古老的土地。在冰雪聚集或茫茫大地上雾起雾消的远古之前，大海就侵蚀了这片古老土地的边界。似乎那里曾经有一片北部临海的平原。这片土地在平原的边缘崩塌，时光及突变改变了它的高度和形状，海水经年累月侵蚀着它。它最后留存的边界大致与悬崖逐渐销蚀的岩壁相吻合。后来的冰河作用越过古老的海滩和平原的碎片艰难地行进，向海面延伸而去，在岩层上堆积起由沙砾、泥土及石头组成的漂砾。温暖的海浪及光阴最终占据上风，冰冻的悬崖在雾霭中向西退却。于是，便有了眼下的这番景色：海浪再次扑向一片变形的、崭新却没有人烟的土地。

假若尽可能地用通俗的语言来叙述，这便是科德角的地质史。该半岛的东西两臂是葬身于海底的那片古老的平原，前臂是一片海岸的冰川碎片。它伸向海面之远超过了美国大西洋沿岸的其他任何部分，是外海岸中最远之处。在雷鸣般的涛声中，海洋在这里扑向悬崖，与屹立于两个世界之间的最后一道屏障相遇。

二

我所描写的悬崖及其相接的海滩面对大西洋，位于科德角的前臂。这片伸向海洋的土地现在不过是一道长二十五英里、宽三四英里的岩墙或屏障。在普罗温斯顿，这道屏障从海中升起，由那里开始了海洋形成的沙丘及沙地平原。这些沙地蜿蜒伸向内陆，如同一只手腕向下弯曲似的弯向普利茅斯。而普罗温斯顿港湾则位于手掌与手指形成的弧线之中。如果前面所比喻的前臂恰如其分，那么，在科德角腕骨处的特罗鲁，这片弯曲的沙地经过一个南北向的弧形自东向西倾斜下降。悬崖在此处开始并陡然升至最高点。正南偏东，由海兰灯塔[1]到伊斯特姆[2]及诺塞特海岸警卫站，这道壁垒面向大海，其轮廓时而像起伏的波浪，时而像战

1　位于科德角东北部的灯塔。
2　科德角西南部的地名。

时的城垛。散落于其间的洼地及丘陵显示出上游的乡村特色。悬崖在诺塞特[1]终止。在那里，大海侵入了那片细长的土地，把人们带进沙丘的王国。

悬崖终止了，一道海沙筑起的墙沿海滩延伸。延续五英里之后，这道墙在一个海峡处消失。海峡的入口将日复一日涌进的潮水在沙丘后形成一个偌大的海湾或泻湖。这个海湾由层层的潮汐岛分隔，分布着弯曲的细流。这便是由伊斯特姆与奥尔良[2]组成的小海湾。有时，巨浪淹没了这些小岛，将这片地变成了海湾。越过海峡及湿地，可见科德角的高地，此处仅两英里宽。在伊斯特姆，这里呈现出高原泽地的模样，空旷起伏。再往西去，便是科德角湾。诺塞特族，一个强大的印第安部落曾一度栖息于海域间的这片土地。

伸向外海的悬崖，孤寂的沙丘，海洋中的平原，世界尽头明亮的边缘，草地、湿地及远古的荒原，这便是伊斯特姆；这便是面朝外海的科德角。日月由这里从海上升起，天海一色，辽阔无际，云影时而飘浮于洋面，时而飘浮于大地。多年来熟知而痴迷于这片土地，我终于有时间亲自来看看，接下来还在海滩上给自己造了所房子。

我的房子孤零零地立在一个沙丘之上，位于伊斯特姆沙洲偏南的地点。我自制了房子的设计图并由一个邻居和他的木工为我建好了房子。开始盖房时，我并没有打算以这所房子为长居之

---

1 科德角东南部地名。
2 科德角西南部地名，位于伊斯特姆以南。

处，只是想用它在夏季避避暑，或偶尔在冬季也能小住几天。我称它为"水手舱"。它有两个房间，一间卧室，一间厨房兼客厅。房子总面积不过长二十英尺，宽十六英尺。一个砖制的壁炉依两室之间的那堵墙而建，为偌大的一个空间驱寒供暖，使得卧室暖融融的。我用一个带有两个灯头的油炉烧饭。

我的邻居是盖房的好手。如我所期望的那样，建成的房子紧凑结实，易于管理与供暖。偏大的那个房间，装了壁板。我将壁板及窗框漆成淡淡的黄褐色——典型的水手舱的颜色。或许，这房子还显示出主人对于窗子的某种业余爱好。我共有十个窗户。大间有七个；一对东窗面朝大海，一对西窗面朝湿地，还有一对南窗及门上的一个窗眼。一间有七个窗子的房屋，位于沙丘之顶，海上的阳光之下——仅凭这句话便可想象出流光四射的情景，一种令人不安的光的把戏。其中的一扇木制百叶窗，我本打算在冬季用，却发现常年都用得上。我发现如此安排，既能有幽暗的居所，又能有近似户外的内室。我的卧室有三个窗户——一扇朝东，一扇朝西，一扇朝着北方的诺塞特灯塔。

我在沙丘上直接凿了一个井眼，用水管来获取饮用水。尽管大海与海滩在旁，湿地的水路渐渐向西，在带有咸味的沙子下，这里依然有淡水。这种水的味道不同，有的略带盐味，有的清甜可口。令我高兴的是，我碰巧凿到了一股清冽的甘泉。水管从地面深入一个用砖围起的带顶的地窖，里面有个手压水泵。在寒冷的日子里，我从地窖的水泵直接汲水（遇到酷冷的日子，我索性抽满几桶水，放在水池中，然后，立即放空水泵里的水）。两盏油灯及各式烛台供我夜间阅读，熊熊燃烧的壁炉为我保暖。用壁炉保暖的设想及格局无疑近乎疯狂，但它确实奏效。而且，我的火不仅是一种供暖的渠道，它是一种自然的体现，是一户人家的神明，一个亲密的朋友。

在我的大屋内，有一个漆成优雅纯蓝色的带抽屉的柜子、一张桌子、一个吊在墙上的书柜、一个长沙发、两把椅子及一把摇椅。我的厨房，风格同游艇样式，沿南墙一字排开。先是碗柜，然后是放油炉的地方，不用时，我通常将它放在盒子里。接下来是一个架子，一个陶瓷的水池，角落里是水泵。多亏了水泵！它从未失灵，从未让我手足失措、心神不安。

我用背包背来自己的给养。沙丘上无路，况且，即便有路，也没人来运送物品。在沙丘的西边，有一条福特汽车勉强可行的路，但即使最有经验的村民对它也是小心翼翼。常听说有车子陷入沙地。然而，我的木料就是从这条路运来的。偶尔，我也请一个邻居用马及马车将我的油罐运来。可是这些帮助毕竟只是偶尔才能得到的。我还得靠自己运来所需。我的背包一直是唯一的随叫随到的"沙丘马车"。每两周，我的一个朋友开车到诺塞特海岸警卫站与我见一次面，带我去伊斯特姆或奥尔良采购，然后，再将我送回诺塞特。从那里，我把我的牛奶、鸡蛋、奶油及面包卷打好包——小心翼翼地一层一层地码好——然后，沿着海滩，踏着浪花返回。

我建房的那座沙丘的顶部高出最高水位标仅二十英尺，距海滩仅三十英尺。不足两英里之外的诺塞特海岸警卫站是我唯一的邻居。正南方，是连绵不绝的沙丘和几处偏僻孤寂的打猎营地；湿地及海浪将我从西边与村落及远处的农舍隔离；大海涌向我的房门。北部，只有在北部我才能与人间接触。在这孤寂的沙丘上，我的房子直面狂野的自然。

房子建好并试用后，我并没打算在科德角住上一年。九月，我本想去那里小住两周。当两周结束后，我迟迟没有离去。时值秋季，这片土地以及外海的美丽与神秘令我心醉神迷，无法离去。如今的世界由于缺乏原始自然而显得苍白无力。手边没有燃烧着的火，脚下没有可爱的土，没有刚从地下汲起的水，没有新鲜的空气。在我那个由海滩及沙丘组成的世界里，大自然的影像栩栩如生。在苍穹之下，这里常年举行着无可比拟的自然之盛会：大海的潮起潮落，涌向海滩的层层波涛，纷至沓来的各种鸟类，海上的过客，冬季的风暴，秋季的壮观，春季的神圣——这一切都是海滩的组成部分。我在这里待得越久，就越急于了解这片海岸并分享它那神秘而自然的生活。我发现自己有时间这样做，我不怕孤独，我具有某种野外自然学家的气质。不久，我决定在伊斯特姆海滩试住一年。

三

伊斯特姆的沙洲是海湾的堤岸。它凸出的顶部垂悬于海滩之上，一道布满沙丘植被的长坡沿着海堤那久经风雨、高高的边缘缓缓而下，落在西边的草地上。由诺塞特灯塔极目远眺，这片土地在地貌上显得十分简洁。而事实上，它布满了洼地凹洞、暗道急流。大海的吼叫在这里激起了更强的回音。我常常漫步于这些稀奇的凹地中，在沙地上及坡道上，发现来此地停留的鸟类的足迹。这里的沙子被一群云雀的爪印搅乱；那里，曾有一只鸟儿独自漫游；此处饥饿的乌鸦留下了深深的痕迹；彼处，海鸥丢下了网状的脚印。对于我而言，这些沙丘凹地留下的痕迹中总有着某种诗意及神秘的东西。这些鸟儿从天而降，有时仅仅是羽翅擦地时那么一点点印迹，依稀可辨，然后，便神不知鬼不觉地消失于天空之中，无踪无影。

在东部边缘，沙丘呈峭壁状跌落于下面的海滩。如果午后沿着这些峭壁在海滩散步，你会行走于峭壁的阴影中。这些峭壁时而有七八英尺高，这是比较合理的高度；有时则高达十五或二十英尺，与沙丘的顶部持平。有四五处，风暴在这道海堤中冲出了清晰可见的溪谷或"河道"。沙丘植物生长于干涸的谷底，将根牢牢地扎在古老、半埋于土下的残骸之中。一簇簇的白沙蒿（*Artemisia stelleriana*）眼下正是一片翠绿。这种植物在裸露的地带生长得最为繁茂。它由沙丘的边缘蔓延到光秃秃的山坡，甚至还试图在海滩上找到一处长远的居所。在漫漫夏日，其色彩是银白与灰绿的组合；在秋季，它披上了金色与红褐色的盛装，精致美丽。

这种植物在山坡及山脊尤为茂盛，它那长长的叶子几乎遮住了突兀的头状花序和一簇簇浓密鲜活的沙地黄花。在山坡下沙地裸露、草芽稀疏的地方，映入眼帘的是海滨山黧豆熟悉的叶子及凋零的顶花；再往下的那片如同沙漠地带的平面谷底，是稀疏的草丛及一片碧绿的大戟草。这个地区仅有的纯正灌木是海滨梅灌木丛。但这类灌木丛极为罕见。

所有这些植物的主根都很长，扎根于有水分的沙地深处。

一年中，我大多生活在两个海滩上：一个在上面，一个在下面。下海滩或潮汐海滩始于平均水平面，沿着一道轮廓清晰的长坡升至低潮平均水平面的最高水位线；外形更具有高地特征的上海滩占据了高水位线以上与沙丘之间的地带。这些海滩的宽度随着海上的风暴及潮汐而变化。但如果我将其宽度描述为平均七十五英尺，尚基本属实。反常的暴风潮及高潮使得海滩成为一片崭新而辽阔的土地。冬季的潮汐使得上海滩变得狭窄，海潮掠过海滩直逼沙丘。夏季，整个海滩都开始拓展，仿佛每一道浪潮都从外海给它补给沙子。或许，是浪涛从外海的海堤源源不断地冲进沙子。

伊斯特姆沙滩的颜色多变，要想用适当的词语来描述它实属不易。况且，它的色调总是依时光及季节而变。有位朋友说其色调介于黄色与褐色之间；另一位朋友则说它具有生丝的色彩。根据这些暗示，读者尽可发挥想象力去推测其色泽，但在一个炎热的夏日，这里的沙子那种温暖明媚的色调美不胜言。黄昏时分，紫罗兰色的光，薄雾轻纱般地洒向海滩及相接的海面。这里的风景丝毫没有不和谐的色调，也没有北方那种刺眼的鲜亮及夸张的表露。这里，总有着某种含蓄与神秘，某种只可意会、难以言表的东西，某种无论在陆地还是海洋，都被大自然崇尚和刻意隐蔽的东西。

此处的沙子有其独特的生命，尽管那仅仅是从风中借来的一息生命。一个惬意夏季的午后，当一阵西风旋起时，我看到了一小团"风中恶魔"，一种约六英尺高的小龙卷风。它由山口席卷而来，在沙滩上卷起沙子的旋涡，一路旋转着奔向海边的波浪。当"恶魔"掠过海滩时，它与太阳相遇，于是便由沙子的尘埃中激起一道褐色的强烈光柱。它旋转着，闪烁着变幻莫测的色泽。

在我的南边，被我称作"大沙丘"的那道沙丘时常上演奇特的表演。纵向望去，这个庞然大物的形状如同一道海浪，它面向海滩的那道斜坡像是纯粹由风吹来的沙子构成的一个巨大的扇面；它朝西的那道坡缓缓而下，降至一个由沙子形成的圆形剧场。不久前的一个冬天，海岸警卫队的一个重要哨站建在了沙丘顶上。夜间巡逻队往返的脚步在山脊走出一道缺口，不久，这道不起眼的缺口越来越深，现在它已经深达八九英尺。由湿地望去，它像是山顶上的某种巨大的圆形缺口。在多风的秋日，沙子干燥，极易扬起。当狂风呼啸、海浪拍天时，沙丘后的散沙被风卷起，通过这个风口向东涌去。此时，山顶便像火山爆发似的"冒烟"。烟雾时而像一连串黑色的羽毛，时而像一缕依稀可见的古象牙色的轻烟。它翻滚着，回旋着，像海中的维苏威火山[1]一样喷涌而出。

在沙丘与沼泽地之间，一片不规则的海滨盐草地由沙丘的斜坡沿着小河伸向海边潮淹区的湿地。这里的每一处都有属于自己的草类，从而使草地几乎成了各种杂草竞相生长的拼图。在暮夏及秋天，星星点点却又无处不在的沼泽薰衣草在烈日的暴晒下开出一朵朵小花，云雾般地漂浮在茶色或近乎鹿色的草地上。远处的湿地岛屿不过是大片的茅草，从铺着草的泥土与沙土混合而成

---

[1] 意大利南部活火山，位于那不勒斯湾畔，其西部山基几乎全在湾内。公元79年大喷发，庞贝和斯塔比伊两城被火山灰和火山砾埋没。

的地面上拔地而起。在这些无人造访的土地上，有一些隐秘的池塘，只有落日才能将它们展现。野鸭对这些池塘了如指掌，每当被猎人追逐时便在此处藏身。

令人不可思议的是，人们对科德角鸟类的著述竟如此之少！从鸟类学家的角度来看，该半岛是世界上最为有趣的岛屿。其兴趣点并非在岛上的留鸟上，因为此处留鸟的数目并不比其他各处的多；而在于这样一个不争的事实——生活在此地，你能看到种类繁多的各类鸟，其数量之多是在其他任何一个如此狭小的区域中都没有的。比如，在伊斯特姆，在候鸟、留鸟及临时造访的鸟类中，我所见到的有陆地的鸟、荒原的鸟、泽地的鸟、海滩的鸟、海鸟及海滨的鸟，甚至还有外海的鸟。此外，西印度群岛的飓风经常将一些稀奇的热带及亚热带鸟类驱赶到岸上。在一次风暴中吹来了一只鲜艳夺目的朱鹭，在另一次风暴中又抛来一只军舰鸟。在海滩上生活时，每逢飓风到来，我观察得尤为仔细。

我将用自以为自然学家最感兴趣的细节来结束这一章。位于沙滩上的伊斯特姆海堤仅三英里长，不足四分之一英里宽。然而，就是在这片弹丸之地，大自然也给了她那些卑微的创造物以自然的保护色。在海岸警卫站驻足，捉一只哨站草坪上的蚱蜢——我们这里有海蚱蜢（*Trimerotropsis maritime harris*）——捉住了他[1]之后，仔细地观察，你会发现他略带绿色。往沙丘深处走五十英尺，再捉一只，你会发现这只蚱蜢带着黄沙的色彩。

---

[1] 原著中对昆虫、鸟类及动物的描述有雌雄之分。雄者为"他"，雌者为"她"。中文译文完全延用原著的称谓。

这里的蜘蛛也是黄沙色——如此说来一点也不为过——夏夜的月光下在海滨寻食的蟾蜍也是如此。你可以站在海浪边，在你的手掌中研究整个世界。

所以，我选择了留在海滩并期盼着十月、冬季及鸟类的大迁徙。九月，初秋已降临大地。

我的那些朝西的窗户在傍晚最为美丽。在凉爽惬意的秋夜，天空中宁静的光尘，其色彩如同大地上的秋色一样壮观。大地与天空皆是秋天。褐黄色的岛屿闪烁着，渐渐地隐退于黑暗之中。条条水路静静地流淌，在暮色中像古铜色的飘带。深红色的草地变得更为浓郁，呈现出紫色。夜的脚步在逼近，这沙丘上的一草一木都竞相向天空散发着各自的色彩。诺塞特灯塔闪烁着的灯光照在我北面的玻璃窗上，轮番将一束苍白的光涂抹在我卧室的一面墙上。第一道闪光，第二道闪光，第三道闪光，然后，是片刻的间歇，黑色弥漫于"水手舱"与灯塔之间。在月色皎洁的夜晚，白色的灯塔及闪烁的灯光清晰可见；在漆黑的夜晚，只能看到悬在大地上的灯光，在空中闪烁。

今夜没有月光，在缥缈浩瀚的大海上，秋季的天空中泛起点点寒星。

第二章

秋天,大海及鸟类

一

海滩上传来一种新的声音,一种巨大的声音。日复一日,海浪越来越高。在辽阔的海滩,在孤寂的海岸警卫站,在大海的怒吼中,人们听到了冬天的逼近。早晚变凉了,西北风也冷飕飕的。我在苍白的晨曦中,偶尔看到了这个月最后一轮弦月,挂在太阳北边的天空中。在海滩,秋天比在湿地与沙丘成熟得更快。在朝西和朝着陆地的方向,依然是秋色迷人;朝海的方向,则是波光粼粼,透着朴素的美。沙丘顶部边缘那渐渐枯黄的草在风中战栗着,向着大海摇曳;沿着海滩,扬起一股稀薄的沙尘,扬沙的嘶嘶声与大海的轰鸣声融为一体。

我常常在下午捡拾漂流的木头，观察鸟类。天空晴朗，午后的阳光驱走了风中的阵阵寒意，偶尔，一阵温暖的西南风在这里落脚。我走进这无边无际、暖融融的日光中，背着捡来的棍棒和破损的木板往家走，驱赶着前方海滩上的鸟类，惊起了三趾滨鹬、滨鹬、环颈鸟、大矶鹬、金斑鸻及双领鸻。这些鸟类有大群的，小群的，三五一群的，还有浩浩荡荡、密密麻麻在空中结成团队的。再过两周，从10月9日到10月23日，大批候鸟在我的伊斯特姆沙滩上"落脚"。它们在这里聚集、歇息、觅食、交配。鸟儿来来往往，消失了又团聚；沿科德角海浪边际那漫漫的沙滩上，遍布着它们从不间断的、杂乱无章的脚印。

然而，我所观察的并非混乱无序、漫不经心的漂泊鸟群，而是一个整齐划一的团队。在这些数不清的小脑袋中，似乎传递着某种纪律及团队精神，在每群鸟中都唤起了个体中群体的意识感，赋予每只鸟以移栖整体中一员的感觉。很少见到离队的孤雁，即便见到，它们也是在寻找自己的雁群。追赶队伍的鸟儿敏捷如风，它们如同长跑者熟识自己的跑道一样，沿着海浪急速前进，其速度之快令我惊恐。有时，我发现它们找到了自己的团体，在前方半英里处与雁群一同落脚歇息；有时，它们消失在海浪碧空的远景中，依然急速地飞着，依然在寻觅着雁群。

总的来说，来此地的众多鸟类似乎大多是在科德角外的某地过夏，秋季又在北部壮大了队伍。

当这些鸟群在傍晚汹涌的海浪边觅食时，是观察它们的最好时机。此时没有夏日的浪花激起的水雾，也没有炽热的反光模糊视线。当我负重沿海滩走回家时，可以看到前方越来越多的鸟儿。每当翻卷着白沫的浪潮急速地涌向岸边，打在海滩上时，一群正在觅食的鸟儿，就会拍打着翅膀，轻巧地转身，在浪潮逼近时仓皇逃离；每当潮水退去时，这些鸟儿便会返回海滩热切地刨啄寻食。吃饱之后，它们便飞向上海滩，成群结队地栖息在那里，在冷风中停留数小时。海上发出雷鸣般的响声，苍白的云烟、被寒风撕破了的残云在沙丘上飘过，滨鹬单足独立，把头埋藏在羽毛中，做着美梦。

我想知道这成千上万的鸟儿在哪里过夜。一天清晨，我在日出前醒来，匆忙穿上衣服，走向海滩。我沿着落潮在海滩上散步，先北上再南下，然而，由北向南的整片海滩空空如也，地上天上均不见鸟儿的行踪。现在，我陡然想起，在最南端，我看到上海滩一对被惊起的半蹼滨鹬，它们急速地、悄然无声地飞向我，侧身飞过我，然后在我身后一百码处的水边栖身。随后，它们便开始到处觅食。此时，一轮橘红色的朝阳跃出海面，如同一团神圣的火球庄严肃穆地飘浮在地平线上。

这几日的傍晚，风大浪高。鸟儿在上午10点左右开始在海滩上聚集。有些从海滨盐草地飞来，有些沿海滩而至，还有一些是从天而降。在从上海滩转向下海滩时，我惊起了第一群鸟。我直接走向鸟群——它们先是一阵惊慌，然后重整旗鼓，展翅高飞，转眼间，鸟群就飞走了。站在海滩上，鸟儿的新爪印还留在我的脚下，我观望着那可爱的鸟群刹那间变成了一幅明丽如星的图谱,一幅生动活泼、瞬时即逝的昴星团[1];我看着那螺旋式上升的飞行,那瞬间侧身露出的一抹白胸,时隐时现的密集而灰色的鸟背。第二群鸟随后而来,尽管比前者更为警觉,但依然继续觅食。我走近它们,有几只鸟跑向前方仿佛是为了避开我逼近的脚步,另一些鸟停下来,准备飞走;我再走近一点,鸟儿便无法停留了。又来了一群鸟,又是一阵疾走,然后,它们便追随同伴沿浪涛飞去。

对我而言,这片海滩自然风貌的最神秘之处莫过于这些水鸟所组成的璀璨如星的图谱。如前所述,这种图谱是瞬间形成的,同时,又依着鸟儿的意愿随时重组。几码外那些觅食的鸟一直都在为满足不同个体的需求而各自为战,突然,一种新起的共同意愿将它们融为一体,它们同时起飞,沿海岸飞行如一,十几只鸟儿同时倾斜,又随着新群体的意愿而一起转弯。我还要补充说明,这鸟群中绝无领队的鸟或向导。假若书中允许更大的篇幅,我将非常乐意对鸟群这种突发的意愿、瞬间的变化或起源做深入探讨,可是我不愿将这部分塞进此章中,因此只得将这一问题留给那些研究个体与群体心灵关系的人去解答。我特别感兴趣的是,每只飞行中的鸟儿怎么能够如此及时而同步地服从群体新生的意愿。是通过何种途径,何种通信方式使得这种意愿广泛传

---

[1] 昴星团是位于黄道星座金牛座中的疏散星团,其中有六或七颗恒星肉眼可见,许多国家的文学作品和神话故事中都有关于它们的生动描述。在古希腊神话中,昴星团的七颗亮星被说成是由阿特拉斯和普莱奥娜的七个女儿变成的,故也称作七姊妹星团。

播于鸟群中，使得十几个或更多的小脑袋在瞬间便领悟并服从于这种意愿呢？难道我们要相信所有这些鸟儿，如笛卡儿多年前所述，都是机器，每只有着血肉之躯的小鸟都只不过是如同精确地排在大齿轮上的小齿轮，在同一自然环境的力量下同步滑动？或许，在这些生物中有着某种心灵的感应？当它们飞行时是否有同样的心灵感应穿过个体及群体的心中？据我所知，鱼群也能做出同样的集体改变行进方向的行为，但只是在不久前才亲眼目睹过一次。

　　对于动物，我们人类需要持一种新的、更为明智或许更为神秘的观点。远离广博的大自然，靠足智多谋而生存，现代文明中的人类是透过富有知识的有色眼镜来观察动物的，因此，鸟类被夸张了，其整个形象被曲解了。我们由于动物的欠缺，而以施恩者自居，同情它们投错了胎，地位卑微，命运悲惨。而我们恰恰就错在这里。因为动物是不应当由人来衡量的。在一个比我们的生存环境更为古老而复杂的世界里，动物生长进化得完美而精细，它们生来就有我们所失去或从未拥有过的各种灵敏的感官，它们通过我们从未听过的声音来交流。它们不是我们的同胞，也不是我们的下属；在生活与时光的长河中，它们是与我们共同漂泊的别样的种族，被华丽的世界所囚禁，被世俗的劳累所折磨。

　　夕阳像一团火渐渐落下；潮水涌上了海滩，翻卷着深红色的泡沫；远处，一艘货船从浅滩上缓缓驶出，漂向北方。

二

那是一个风和日丽的九月的早晨，我碰巧站在窗前观望西面秋日的泽地及蓝色的水湾，突然，海鸥群中涌动起了某种惊慌与不安。打来的浪潮已经将海鸥驱向高处的海堤及沙洲。从我置身的岛屿望去，只见一群群银白色的海鸥展翅飞起，急速地、蜂拥地逃向南方。我注意到它们飞得很低，这不同寻常。我走到外面的沙丘顶上，想看看究竟是什么惊动了它们。当我站在那里，凝视着远去的海鸥，用目光搜寻着天空时，发现在鸟群的后上方，一只雄鹰从天而降。他刚从飘浮的云朵中飞进广阔的蓝天。当我最初望见他时，他正飞向南方的海面，翅膀呈静止状，似乎在沿着下面那条蓝色的水路，在博大的天空中赶路。

在诺塞特海湾的入口有多处沙洲，许多海鸥趁涨潮的间歇在那里觅食。来自湿地的海鸥也加入了这个行列。当那只鹰渐渐逼近沙洲时，我想看看他是要下降还是要飞向海洋。但他都没有，而是在海湾的入口处转身向南，一直沿着海岸线飞去，直至从我的视线中消失。

在秋季，我在不同的时间多次见到这同一只鹰。我可以从海鸥的恐惧判断他的到来。然而，这只鹰——我相信他是只白头海雕（*Haliaetus leucocephalus leucocephalus*）——如福布什[1]先生所

1　福布什（Edward Howe Forbush，1858—1929）是美国卓越的鸟类学家，著有多部有关鸟类及如何识别鸟类的书，如《益鸟及其保护》《马萨诸塞州及其他新英格兰诸州的鸟类》等。

述,"天生是个食鱼者"。我从未见他对拼命逃亡的海鸥有过丝毫的关注。可是,当这些海鸥长得肥肥胖胖而碰巧他又是饥饿难忍时,他也很可能对海鸥产生极大的兴趣。但不管怎么说,海鸥怕鹰。在这些浅滩上,总是有几只黑背或"巨头"鸥与银鸥掺杂在一起。我发现,这些健壮的大海鸥总是隐身于其他鸥类中以寻求庇护。

科德角一带鹰的数目还真不少。它们飞到此地原本只是打算到沿海地带看看,但发现此地是如此称心如意,便在不同的地点安营扎寨,居住下来。它们以沙洲附近的海湾中及泻湖中的鱼类为食,似乎对科德角内那些互不相连的池塘情有独钟。从近处观看,白头海雕呈灰褐色,头、脖及尾都是纯白色。我本人不曾有幸近观这位伊斯特姆的来访者,但是有一天,一位海岸警卫队员在流向沼泽地的小河上游的灌木丛中惊起了一只白头海雕——他说,他听到了陡然响起的树枝及翅膀抖动的声音,转身看到那只鹰从灌木丛及闪闪发光的树叶中腾空飞起。

自从我在科德角居住以来,在沙丘上遇到了许多陆地的候鸟,其数目之多令人惊叹。我期待着在海滩上看到滨鹬,在浪尖上看到海番鸭,因为它们都是近海的鸟类,却没想到会看到红胸䴘从秋日的沙丘上飞起,会发现可爱的黑黄林莺栖息在"水手舱"的主梁上——他那尖尖的黑尾巴朝向大西洋。或许我最好还是从头开始,讲讲雀类及莺类是怎样在今年秋季的海岸上与我们相见。

各种新来的雀类是最早到达的外来户。这里有众多夏季的雀类,因为湿地及草地是有利于多种雀类生长的自然栖息地。在夏日漫步于这些草地,你可以瞧见单独的或三五一群的雀儿从前方那些干枯的残枝中惊起。它们中有的在前面落下并悄然藏身;有的则从沿海岸架设的电线上观察着你。此地的歌雀特别多,因为这些欢乐的歌手常常光顾湿地及沙丘。海滨沙鹀则喜欢守在湿地的边缘及海滨的盐草地上。尖尾沙鹀偏爱干草车的车辙,奇异的小黄胸草鹀（*Coturniculus savannarum passerinus*）面向如火的落日以优美的颤音吐出两声似有似无的音符,那是他奇妙动人的啼鸣。

九月初,赫德森杓鹬来到了伊斯特姆的湿地。为了一睹其风采,我动身前往诺塞特。我选择穿越草地而不是海滩到达目的地。九月的大浪漫进了湿地与草地。每天下午当我艰难地行进时,杓鹬就会从浸透了水的路边飞起,在空中盘旋着,呼唤着其他杓鹬;如果我侧耳倾听,便会听到清亮的应答。之后,是片刻的沉寂。此时,我会听到秋天及自然世界的音响,或许还有沙丘远方那渐渐模糊的涛声。在这些秋日,当我进入更为开阔的草地时,便会发现那些残枝败叶中聚集了许多雀;其数目在一周内增长了一倍。

到处都是成群觅食的狐雀;我惊起了几群稀树草鹀及白喉带鹀;一只孤零零的白头雀藏在树丛中观望着我。这些鸟颇为安静。当我路过时,只是隐约地听到了警觉的"提普嘶"及"奇普嘶"的鸟鸣,仅此而已。鸟儿的交配期已过,所有的鸟儿都一本正经地忙活着它们日常生活中的大事。

9月24日及25日风雨交加,27日我初次看到了莺。

天晴了,我一早便起身,开始吃早饭。在这里,我习惯于面朝大海而坐。当我在饭桌上移动时，注意到有只小鸟在房前的草地上觅食。起初，我看不清楚那是只什么鸟，因为他进到草丛中，如同转入灌木丛中似的。但不久，他便拨动着草秆，从草丛中出来了。我从窗口观望他，丝毫没有引起他的疑心。第一只来到这里的是只加拿大威森莺，上身是一抹冷冷的灰色，下身是一片明丽的黄色，黄喉与黄腹之间是点缀着黑斑点的宽宽的颈带，真是一个可爱的小生灵。在苍白色的沙滩上，他在微微泛白的黄褐色草根中出来进去，在色彩斑斓的晨曦中蹦蹦跳跳，寻找着吃食。海风轻拂着枯草，在他的头顶上摇曳。不久，为了寻求更多的食物，他转向房子的一个角落。当我早饭后出门时，他已经飞走了。

紧接着的一周之内，一只黑头威森莺（或许是只雌鸟）、一只黑黄林莺，还有一只栗胁林莺相继而来。这些鸟都是独来独往，穿行于沙丘中，寻找落下的草木种子。十月，我在一天之内就看到了五只默特尔莺；其中的一对在"水手舱"附近的沙丘一带停留了一周。随后到来的是雪鹀与鸽鹰。如同莺类一样，雪鹀也在沙丘上觅食。傍晚前，鸽鹰则在那里盘旋了大约一个小时，试图猎取雪鹀。一个清晨，我早早就出外探索，当时，诺塞特的灯光依然在阴沉寒冷、乌云密布的天空中闪烁。我看到一只鸽鹰突然从北边的河道飞起，将一只可怜的雪鹀紧抓在胸前。鸽鹰沿河道朝海面飞去，将他的猎物带向海滩，在沙坝附近找到一处隐蔽的角落，静立片刻，然后，放下猎物，吃了起来。

我还看到了多种其他的陆地候鸟，但是却无意在此详述，因为我感兴趣的似乎是它们怎样经由海路来到这里，而不是将这些鸟分门别类。如前所述,科德角的这只伸向外海的手臂由内陆向大海伸出了约三十英里,然而,却有各类陆地鸟、小鸟沿此地南飞,偶尔还有大批的北极雁。此时,当我在这个阴沉的早晨写下这些文字时,耳际响彻着令人困惑的巨大的浪涛声,我想起了两周前看到的那只雌性黑头威森莺,我疑惑究竟是什么原因使她放弃了故土,来到这灰色的海洋,这片或许她从未见过的汪洋。这种长途的飞行需要何等古老的信念、现有的勇气,那又是一种怎样的对环境及死亡的挑战——陆地的风,险恶的海,抛在身后的故土,远方的未知世界,全都体现于这空中急促的、鲜亮的血肉之躯中。

然而,谁又知道这些陆地鸟是由哪些海路来到科德角呢?我猜想,一些是飞越了马萨诸塞湾来到此地,它们的起点位于波士顿的北部(大概是安角或伊普斯威奇);一些或许是从科德角湾以北的某处飞越了南肖尔而来,另一些则无疑是由缅因州直接飞来的。树木繁密的缅因群岛以莺类众多而著称。很可能我所提到的那些莺是沿着某条大河来到海边的,大概是肯纳贝河或佩诺斯科特河。它们直接飞越河口来到科德角。海兰灯塔位于肯纳贝河口的塞金灯塔西南3/4度,其间只有一百零一英里的开阔水域。飞过这片水域对于鸟儿来说,是轻而易举的。

全球的陆地鸟都具有远渡重洋的能力。例如,许多鸟每年都要飞越地中海两次,在欧洲与北非之间往返迁徙。在我们这半球,它们飞越墨西哥湾,在西印度群岛与我们的大西洋南部各州之间迁徙。

十月下旬,刮起了一阵强劲的东风。在风大浪高的下午,我穿上油布雨衣,出去观浪听涛。当我在雨中涉水行至距"水手舱"以北约一英里处时,看到前方随着海上的残骸涌向岸边的浪尖上浮动着一个斑点。当我正盯着它看时,这个斑点跌落在海滩,眼看就会被海浪卷走。我跑上前去,在浪涛将它卷走之前,把它捡起。我发现这是一片秋叶,一片被海水浸透的红枫叶。

十月中旬,陆地的鸟儿都离去了。还有几只雀留在湿地。李树叶都落光了。漫步于海滩,我从变幻的云朵中读到了冬季。

三

西边的乌云聚集在冬季的地平线上,像是太阳落山了一般,使得夜长日短的白天越发短暂。现在,海鸟及野鸟纷纷来到海滩。它们来自孤寂阴暗的北部,来自北冰洋。那些继续向前飞的鸟群,来自位于大陆与极地之间的大陆断片和空旷的岛屿,来自苔原荒地、森林湖泊,以及那些无人问津的大西洋岩石中的边角裂缝。欢腾奔流的溪水从平缓的山顶落下,围绕着地球,将聚集的部落、不同的种族、飞禽走兽、部落家族、男女老少送往南方。留下的是枯萎的草地、十月的冰雪和茫茫林海。眼下,人们看到的是远处大海中那第一抹闪烁着的光。

这世界上有许多条河流。据说,其中最大的两条由北至南流到了科德角。第一条河源于阿拉斯加内陆,由东南流经加拿大入大西洋。来自北部森林及加拿大湖泊的鸟类与来自北部荒原及北极岛屿和半岛的鸟类沿着这条河迁徙。第二条河源自极地的深处,沿海岸线流经格陵兰及拉布拉多[1]南下,随这条河迁徙的是耐寒的北极飞禽,它们从潮汐中觅食生存。许多物种在两条河中都很常见。在科德角北部的某个地方,大概在圣劳伦斯河河口附近,这些河流汇集在一起,形成了巨大的洪流,涌向新英格兰南部,养育着原始的生命,滋润着海岸及天空。

野鸭来到这些河道,一些来自海湾,另一些来自外海。落日时分,雁群栖息在晚霞映照的西边的小海湾里。一群群冬季的黄腿鹬忧郁地在空中盘旋。当它们被骚扰时,便躲藏在草地与小溪之间那些深深的盐草丛中。在黄昏和拂晓,我都能听到叽叽喳喳的鸟语。穿着雨靴、身着黄制服的陌生人会造访我的领地。每个周六,我都会泰然自若地从西窗中,观望着那些把自己伪装得像一簇簇草丛似的猎人。

在此地安顿过冬之后,我发现在某种程度上,自己渐渐变成了一个在海滩淘宝的人。当我偶尔将目光投向大海,发现某种不熟悉的物件在冲向海岸的浪潮中时起时伏、时隐时现时,心底那种淘宝的欲望便开始萌动。被冲到这片辽阔沙滩上的东西无所不有。即便是那些看似毫无价值的物件也颇带有某种神秘宝物的色彩,有待发掘。那些被远方的巨浪卷起、随着涌向海滩的浪潮被冲上岸来的神秘之物无非是某个格洛斯特[2]渔民用过的臭烘烘的诱饵桶,或是一个捕捉龙虾的筐,或者是印有物主名字的货箱。然而,在附近的海面及海滩,总有一些可以白捡来的东西,一些

1　位于加拿大的半岛。
2　美国麻省东北部城市,临马萨诸塞湾。初为海运和渔业中心。

未知物,一种永远涌动在人们心中的期待。一天,我发现在下海滩上有一件蓝色美国海军军用跳伞服。我若有所思地仔细观察着这件无人过问、被海水浸透的伞服。当时,这种服装并不稀奇,我有位村里的老朋友就偶尔会穿一下他在灯塔南边的海滩捡到的一件挺好的伞服。可是,我捡到的这件伞服已经腐烂,而且也太小了。但我还是要把扣子剪下来留作纪念。

眼下,当站在那里剪伞服扣子时,我举目望了一下南面的天空。我看到了正在飞行的天鹅群。这是生平第一次,同时也是我一生中仅有的一次。这些鸟正沿着海岸线飞向远处的大海。它们飞得很高,几近云霄,而且飞得还很快,其轨道如同出弦的箭一样笔直。在庄严而波涛汹涌的大海上,这些飞行于十月蓝天上的白鸟显得无比壮观——它们的飞行比音乐更美妙。它们的羽翼下,是给予我们承诺及呵护的古老而可爱的大地。

四

十月最后的两周是秋季鸟类造访此地的高峰期。到了十一月及十二月,内陆河流的流量开始减少,但是海岸边的河水继续奔流,将我们带入一个罕见而奇妙的世界。对此,我要多写几句,因为我发现它实在是非常有趣。

此刻,当记述秋季及鸟类的笔记接近尾声时,我突然想起在这片沙丘上所经历的最美丽而奇特的迁徙之一,不是鸟类的飞行,而是蝴蝶的飞行。那是十月初的一个上午,太阳升得越来越高,暖洋洋的像是九月的天。我记得，那天刮的是秋天的西北风，轻柔爽快。那是适合一个户外活动的好日子。刚过10点，我就出了门，到"水手舱"后边，在明媚的阳光下用我从海滩上捡来的木材钉木箱。如同往常一样，我间或环顾四周，但没有什么特殊的景色让我留意。我敲敲打打干了近一个小时，又停下来观望。

在此期间，有二十多只橘黄及黑色相间的大蝴蝶来到沙丘。那是一个飞行的群体，然而，它们彼此之间又保持着距离。在任何两者之间都有至少八分之一英里长的距离。一些在沙丘上，一些在盐草地上，三只在海滩上。它们的行踪像风一样不可测。可是，毫无疑问，它们是朝着南方行进。我试图在海滩上追一只蝴蝶。尽管我认为自己跑得挺快，可是要追逐那只飞来飞去的蝴蝶确非易事。我对它并无恶意，只是想仔细地观察它一下而已。可是它还是躲开了我，飞向并消失在一个沙丘的后面。当我跟随着它爬上那个陡峭沙丘的顶部时，那个被追踪者已经又飞出八分之一英里以外了。我重返原地继续做我的木工活，心中对蝴蝶飞行能力的崇敬有增无减。

一直与我保持通信的一位昆虫学家告诉我那些造访我的蝴蝶无疑是黑脉金斑蝶或鳞翅目斑蝶（*Anosia plexippus*）。在初秋，成蝶大批聚集，结群向南飞行。据说（并未被证实）新英格兰的此类物种最远能飞到佛罗里达。随后的春季，那些零零散散（不是成群结队）出现在北部的蝴蝶显然是来自南部。我们不知道——我现在是在逐字引用昆虫学家的那段话——这些斑蝶是否返回的迁徙者，或者它们是否以前不曾在北方待过的散落斑蝶。我们所知道的是，所有秋季的迁徙者以前都没有在南部待过。

飞到伊斯特姆的斑蝶在这里的沙丘周围停留了一个上午。我猜测它们是在觅食。在12点半到1点半之间,它们像来时那样神不知鬼不觉地消失了。随同它们而去的还有夏日最后的回音,以及沙丘上高悬的太阳。而就在那天,我钉好了箱子,装满了它,并且开始在我的房基周围打起一道用海草筑起的墙。当我在那风和日丽的下午忙着手中的活计时,听到了蟋蟀的鸣声。虫鸣来自我那垛柴堆下它的小窝中,活泼而强壮。在这种大地上熟悉的虫鸣之外,我听到了大海的吼声。那吼声充满了这漫漫长日的空间,带着冷酷无情的警示。

第三章
拍岸巨浪

一

今天上午,我要着手写些我在报刊中或书籍中不曾写过的事情,即我要专门用一章的篇幅来描写大海在海滩边的动态、形状及声音。朋友们时常问我大海滩的海浪是什么样子,浪涛声是否有时会吵得我心神不安。对此,我答道,我对于大海的吼声已经习以为常。尽管它白天整日地响在我的耳际,晚上彻夜地响在我的梦乡,但是我的心灵几乎不受这种无休止的喧闹声的影响。清晨,通常我一醒来就听到了涛声,我有意识地听上一阵,尔后便接纳并忘却了它。在一天中只是当我有意去倾听时,或者当我听到涛声有什么变化而感到好奇时才会侧耳细听。

据此地的说法,巨浪以三道波涛的节奏打向海岸,即一连三个大浪,之后是含糊不清的短暂间隔,接着又是三个大浪。在英国的西海岸,由灰色阴冷的海洋中涌向岸边的第七道波浪才堪称巨浪。然而,科德角一带的惯例,则没有半真半假、玄玄乎乎的成分,它是实实在在的。巨浪就是这样三个一组地涌向这里的海滩。我一次次地观看着这些巨浪一个接一个地从大西洋的外海扑打过来。它们越过层层阻碍,经过破碎和重组,一波接一波地构成巨浪,再将自己粉碎于这孤寂无人的海滩。海岸警卫队的队员对于这海浪的三部曲了如指掌,常常利用最后一波的间歇放舟出海。

当然,也有单独的巨浪。我在夜中会被这种巨浪惊醒。当被它们那种出乎意料的巨响惊醒时,有时我听到的是它们抛向海滩的最后一声宣泄,有时则只是退去时响亮的咆哮。在退去的吼声之后,有一个极为短暂的间歇,之后,便又恢复了大海夜间那长长的韵律。这种孤单的巨浪,掀起绿色的波涛,以排山倒海之势,扑打着这方宁静的世界,震荡着海滩与沙丘。一个九月的深夜,当我在灯前阅读时,从未见过的巨浪来到了我的房前。宁静的夜晚被山摇地动般的巨响打破了。在这种强大的震撼下,海滩在抖动,沙丘在颤抖,我在沙丘上的房子摇摇晃晃,房间里的灯忽暗忽明,墙上挂的画哐哐作响。

大自然中有三种最基本的声音:雨声、原始森林中的风声及海滩上的涛声。这三种声音我都听过,唯独涛声最为美妙多变、令人敬畏。那种有关海洋或海浪的声音单调乏味的说法是错误的。听听那海浪，倾心地去听，你便会听到千奇百怪的声音：低沉的轰鸣、深沉的咆哮、汹涌澎湃之声、沸腾洋溢之声、哗哗的响声、低低的沉吟，如子弹出膛的爆发声，岩石那备受压抑的低调，有时那水声隐隐约约像是海上人们的闲谈。巨大的浪涛声不仅在形式上变幻莫测，而且还在不停地改变着它的节奏、音调、重音及韵律，时而猛若急雨，时而轻若私语，时而狂怒，时而沉重，时而是庄严的慢板，时而是简单的小调，时而是带有强大意志及目标的主旋律。

　　风的情绪、天的变化、潮的起落，都微妙地影响着大海的音乐。比如，落潮是一种乐曲，涨潮则是另一种乐曲。两者之间的变化在涨潮的第一个小时尤为明显。随着浪潮的迭起，涛声更响，就像将战斗中的狂暴抛给了它，而它又抛给了大地。于是，大海的节奏及声音便随着浪潮的搏斗及迭起而变化。

　　秋天，响彻于沙丘中的海涛声无休无止。这也是反复无穷的充满与聚集、成就与破灭、再生与死亡的声音。我一直想寻出这种强大的共鸣形成的原理。它的主调是每一道打来的巨浪溢出时与大地的碰撞声，或许是低沉的隆隆声，或许是深沉的激荡声，或许是一种翻滚着的怒吼。第二主调是海浪毁灭时所发出的狂野激烈的吼声，这是它翻滚着泡沫打向海滩的声音——此声渐弱。第三主调是那种无休止的浪花滑动溶解的声音，深奥无比。前两种声音听起来很和谐——翻腾着的巨浪与冲上岸的怒吼交织在一起——而这种混合的声音又消失在第三种泛着浪花的沸腾之声中。在喧腾的海浪之上，像鸟儿一样，飞洒着零碎的种种水声：哗哗的水声、沙沙的水声、嘶嘶的水声、啪啪的水声及哧哧的水声。大海低沉的主旋律与其他拍岸浪花的和声交织在一起，洒落于大地、海洋与天空。

在此，我要提醒读者，尽管我所描述的拍岸浪潮是一幅理想的画面，但是我们还要懂得海浪涌向海岸的过程是多组合的、持续不断的。汹涌的波涛一浪接一浪，有截流的浪头、逆流的浪头、拍天的巨浪。而且，我所描述的巨浪的声音是发生在晴天的情景。风雨中拍岸的浪涛几乎相同，只不过它发出嘎嘎的声音，这种长而阴沉的响声——令所有水手心惊胆战的响声——形成了第二主调：它是席卷着泥沙，一路涌向岸边的激流发出的吼声。它是透过暴风那高亢狂野的呼啸所听到的水下某种怪异的低音。

当激浪冲上坡度偏大的海滩时，往往伴随着一种低沉拖拉的声音，那是受阻的水流冲下来返回大海的声音。每逢落潮时，拍岸的海浪在沿着下海滩的斜坡卷着滩石上下翻滚时，这种声音最为响亮。

最令我好奇的大概是在刚上床后听到的拍岸浪涛。甚至此时，当我翻阅着书，准备入睡时，依然听到那有节奏的、震天动地的吼声，响彻在茫茫的暗夜之中。"水手舱"离岸边很近，我在晴天最常听到海浪的韵律，并非是那种由不同的海域不停地涌来、溢出并化解的浪潮通常发出的喧哗。透过那扇黑暗、带着窗帘的方方正正的窗户，我听着海浪冲向海滩又粉碎的声音，那种长久的、组合的、排山倒海的、惊天动地的声音。对于这种洪亮的宇宙之声，我百听不厌。

在远离海滩的海面，各种海浪的声音汇集成一种震天动地的交响曲。伊斯特姆村庄的秋夜充满了这种海洋的声音。"度假消暑的人们"已经离去,村庄也消停下来,准备着过冬。厨房的窗户闪烁着灯光,大海那漫漫冬日的呼啸在辽阔的荒野、大片的湿地及沙丘的防波堤上回响。侧耳倾听,它仿佛只是一种来自远方的令人畏惧的声音;但再多听一会儿,你会识别出它是一种海浪组成的交响乐,有雷鸣般的咆哮,也有无穷无尽、来自远古的隆隆之声。其中既有壮美,也有恐怖。我最后一次听到它是在一个星光闪烁的十月之夜,当时我在村庄里散步。夜静无风,树影稀疏,房舍黑乎乎的,漫漫长夜以及那片狭窄的海滩在海浪的呼啸声中显得令人畏惧。

二

  海洋是大地的血脉。日月的引力决定着它的起落,潮汐是地球静脉的舒张与收缩。

  海浪在大海里拍打的节奏如同生命中脉搏的跳动。它完全是一种力量,源源不断,以各种水的形态前仆后继地表现着自身。与此同时,水的形态则在前进的过程中逐一消失。

  我站在沙丘顶上观望着一个巨浪一路从海面翻滚而来。我知道自己观看的是一个幻觉,知道远处的水并没有离开它在海洋中的位置奔向我。那只不过是一种以水的形式表现的力量,一种无形的脉搏之跳动,一种震颤。

  仔细想想我们所看到的奇观。在海洋的某个地方,或许在这片海滩的千里之外，大地脉搏的跳动释放出一种震颤，一种大海的波涛。我在琢磨，这种原始的动力是循环的吗？这种持续的搏动产生的海浪是否一圈圈地向外扩展，就像一块石头投入平静的水面那样激起层层涟漪？或许是大海释放出的波浪圈过于庞大复杂而未被察觉呢？海浪或一种波的弧形一旦产生，就会开始它在大海上的旅程。海浪形成前后无数次的震颤使得它波涛起伏，不停地向前。这海浪涌向大陆，转向海岸线，向岸边逼近，破碎溶解，继而消失。海浪最后栖息的那一汪深水化作冷酷的泡沫返流回去，形成另一次大海的震颤，再一浪接一浪地冲下来。波浪就这样日夜不停地行进，而且会一如既往，直至大地那神秘的心脏发出最后一次缓慢的跳动，直至最后一层波浪溶解于最后一片孤寂的海岸。

然而，当我站在沙丘顶上时，并没有想到幻觉及大地的搏动。因为我是在用眼而不是用心来观望波涛。毕竟，幻觉的产生缘于一种独特的奇观——那种以持久的海浪形式所体现的大海的搏动。我们看到在四分之一英里以外的一个海浪，看着它推进到离我们几百码开外，然后，接近海岸。此时，我们仿佛在观望同一汪流动的水，因为在水量及形态上并无可察觉到的变化，可是，最初的搏动却一直以一系列水流的形态表现自己。这种水的形态是如此相同，结果，我们肉眼就会赋予它们以个性，也就是说，在大浪之后的第三或第二个波浪中追踪到它。这种大地的搏动，这种大海神秘的起伏是多么奇妙！海浪与其他力量携手并进，搅动起靠近陆地的水域，并以此保持它形态与力量的持续性。这种幻觉与现实的结合是多么奇特！总之，肉眼观看到的是海浪最精彩的部分。

昨天的西北风吹了一整天，扫得天空没有一丝云彩。今日依然是晴空万里，只不过风向转为东风。今天下午的天空是一片蔚蓝，天穹的边际蓝白相间，如同海浪一般。在东北方向海面的尽头，有一片我在此地见过的最为可爱的蓝色，那是一种淡蓝，像花瓣似的蓝，像中国童话中皇袍上的那种蓝。假若你想看到最精彩的海浪，那么就在这样的日子来吧！当大海映照出可爱的天空，当徐风轻轻地吹向海岸；最好是在下午来，这样太阳就会照在拍岸的浪潮上。一定要早点来，因为当太阳高照、日光倾斜时，闪烁着光的波浪是最美妙的，而且要在涨潮的时候来。

打过来的海浪很高，在它远远的后边，一个超群的大浪正向岸边涌来，依托它的是那闪闪发光、无边无际的碧海。

朋友告诉我在某些热带海滩，有些长达数英里的海浪会以排山倒海的阵势，隆隆作响地同时拍打过来。我想，若是偶见这种现象，倒是挺壮观的。但若是不停地出现这种海浪，就难以忍受了。涌向这里的海浪是起伏不平的。它以长长的、几乎平行的阵势接近海滩，有的波长几百英尺，有的长约八分之一英里，还有的——或是最长的——达四分之一英里甚至还要多。因此，每天，无论何时，从"水手舱"的阳台向目光可及的五英里之内的海滩望去，总能看到波涛滚滚，潮起潮落。

现在我们再回来聊聊来自无垠沧海中的碧浪。在世界的另一端，科德角的正对面，坐落着西班牙的古老省份加利西亚、庞特维德城和著名的朝拜圣地康普斯特拉的圣詹姆斯教堂（当我去教堂时，他们要给我一枚银质的海扇壳[1]，但我没有要，而是从加利西亚渔民那里搞到一个真的海扇壳）。在位于西班牙的这片土地与科德角之间的某处，大地的搏动产生了这道碧浪，并将它送上向西的越洋征程。在远离海岸的地方，海浪通过时泛起的浪花或许会在一艘生锈的货轮那迎风的船首飞扬，闪着彩虹般色泽的水珠又落在船只的甲板上。那艘大船的船身已经感觉到了海浪的航线。

一片陆地在西方崛起，大地的搏动接近了科德角这道屏障。在三分之二英里开外，海浪依旧是一种大海的震颤，一道巨浪。它逐渐向前推进，其轮廓呈一种略微丰满的半圆形。此时的海浪看似一座长长的、正在向前移动的小丘。我望着它靠近海滩。它渐渐逼近，随着海滩及水中浅滩的升高而升高。再近一点，它由小丘变为锥形，那锥形也在迅速地变化，靠海的那边变长，靠陆地的那边向内弯曲——这时的海浪成为激浪。沿着蓝色的浪尖，组成了清澈明亮的水花，水珠飞溅。在由其他海浪的溶解而卷起的泡沫的冲击下，海滩现在捕捉到了栖身于震颤之中的大海的最后形状——海浪在浅滩上磕磕绊绊。这巨浪翻滚着，冲撞着，由后面排山倒海的力量推动着向前。激浪的跌落绝非仅靠地心的引力。

正是最后的那一道海浪唤起了人世间美妙的想象力——朝向海面那长长的斜坡，卷起的浪尖，呈曲线形向前推进的漩涡。

---

[1] 自中世纪以来，康普斯特拉的圣詹姆斯教堂就一直是天主教徒朝拜的圣地，海扇壳是使徒的象征。

海浪倾泻直下，那闪闪发光的碧蓝流体掺着翻腾着的明媚白色，这股翻滚的流水又被沙滩反弹向空中，往往比先前的浪尖略高一点。从这种由大海最后的形状及力量的溶解而产生的狂野激流中，喷射出泛着白沫的水花，形成了一圈圈的涟漪。这股依然汹涌澎湃、泛着白色的激流如同非凡的急流一样，从海滩边缘直泻而下。再向上冲时，激流变细，于是，这最后的震颤消失在浅浅的水沫滑动之中。这绝妙的水之滑动以其最后的精力及美丽映出蓝天，然后，在瞬间消失于沙滩上。

　　又是一阵雷鸣般的响声，那曾经退去消失的水流随着又一个激浪再次聚集并冲向前方。日日夜夜，岁岁年年，大海就这样遵循一种不变的节奏，依照一种复杂的变化规律，千变万化，劳作不息。

　　我可以观望海浪达数小时之久，赏玩它那狂野的表演、迷人的变化。我喜欢站在我的海滩上，看着一道长长的海浪在几处破碎，看着那弯曲的水流由不同的起点涌起，纵贯南北，然后，在相对能量的碰撞下，激起白色的怒潮。壮观的水花常令人赏心悦目。一道汹涌的高浪，倾泻而下，在它那漩涡似的水流中卷着大量的气体，在水花溢出的几秒钟之后，这股被束缚压制的气体从翻腾的激流中喷射而出，水珠似洁白的羽毛，纷纷扬扬。在九月的一天，我在此地见过高达二十、二十五甚至三十英尺高的喷泉。偶尔，也有怪事发生。被海浪卷起的气体不是纵向释放，而是横向释放。于是，如同龙口戏珠，那激浪突然吐出的气体，形成一种横向奔腾的急流，水花四溅。在晴朗的日子里，当浪潮破碎时，浪尖常常映照在如镜的涡形水面上。一个美妙秋日的下午，我看到一只漂亮的白海鸥沿着一道激浪飞翔，他的倒影映在海浪上。

我还要补充一下风的奇妙作用。当风直接向海面或海内吹时，向岸边涌来的海浪会与它奋力搏斗；当风虽然吹向海面但离岸不远，且与海岸的角度是倾斜的，比如不大于二十二度或不小于十二度，那么，靠近海岸的海浪就不会与风搏斗，而是沿着其长长的轴线与风平行共进。坐在我的"水手舱"内，仅凭看着这种倾斜的一排排的波浪，我就能得知海风的具体风向。

当海浪滚滚与狂风搏斗时，长达数英里的海滩堪称最为壮美的画面，当然还有激浪冲向海岸的一刹那。当海浪逼近时，狂风震荡着与它们拼搏，海浪被掀起，但仍继续向前，风把浪花吹向后方。纵贯南北，我看着海浪涌进，翻滚着白色的浪花，闪闪发光的喷泉紧随其后，水珠高达三十甚至四十英尺。在世上几乎任何一个海岸，人们都称这种海浪为海中的骏马。假若你想看到它们最精彩的场面，就选择十月的一个晴天，当东北风越过荒原吹向海面时来这里。

三

我将用几段关于巨浪的描述来结束此章。

我认为，当风不太大时是观望巨浪的最佳时期。强风会掀起激浪，但也会击平滚滚而来的巨浪，使汹涌澎湃、排山倒海、令人敬畏的巨浪与在海上行船时看到的海浪相差无几。我在此地看到的最为壮观的激浪是在三个风和日丽的秋日，那是因佛罗里达飓风在北方的反弹作用所致。当时，风暴已经过去，却使大海动荡不安。在从城里返回科德角的一个夜晚，走到奥尔良时，我就听到了大海的怒吼，而当我到达诺塞特时，发现海滩的潮水已经涨到了沙丘。海滩上海潮汹涌，月光泠泠。拖着沉重的手提箱，身着进城的服装，我步履艰难地穿越被潮水浸透的湿地，翻越一座座沙丘回到了"水手舱"。

风暴形成的拍岸激浪来自多种力量——海浪中大地的韵律、风的威力、海水依据其自然规律与风的抗争。巨浪来自海上的风暴。身为巨浪，它们向外推进，首先越过外海的屏障。然后，它们一路力克艰难险阻，冲向海岸。在与海滩碰撞的瞬间，它们翻滚着，其怒吼淹没在风暴声中。在风的蹂躏下，在涌进的海水不停地推动及大起大落的冲击下，近海的海水成为一片茫茫的、涌动着的泡沫；它的边缘是一片约五十英尺的汹涌狂野的怒潮；那海潮滚滚而来，席卷着泥沙。

在所有这一切之下，涌动着狂野的潮流，科德角外海沿岸的回流。此地沿岸的潮流呈由北向南的流向。破旧的残骸及浮木总是从北方漂至此地。海岸警卫站的朋友时常看着我打捞回来的盒子或棍棒说："两周前曾在上游的灯塔处见过此物。"

在一阵东风过后，我在海滩上发现了从缅因湾吹过来的物件——来自马蒂尼克斯岛的连根拔起的小云杉树和捕龙虾用的浮标。在一场风暴过后，我还看到了大片的空空的海胆壳。又一阵东风刮来了一片奇异的"木制卵石"，它们来自现存海岸边被海水淹没的古老森林，是海水把它们打磨成这般模样。它们呈黑褐色，形状如同海滩上的石头，像滩石一样光滑。

我在拍岸的海浪中发现的最后一个物件是一只庞大的马蹄蟹（*Limulus polyphemus*），这是我在海水外边仅此一次发现的马蹄蟹。可怜的马蹄蟹！海浪把他翻了个底朝天。他像往常一样把身体弯成弓形，结果，海浪将沙子灌满了他弯曲身体的角落。当我发现他时，他正在受着滑落的水沫的折磨，绝望无比。于是，我把他捡起来，冲洗掉他摇动的鳃中的沙子，提着他的尾巴控着他身体中的水，然后，奋力将他抛向返回大海的潮流中。随着哗的一声响，他已经不见踪影。片刻之后，海浪已经充满了他原先栖身的那片凹坑。

秋季的东风与十一月的潮流已冲走了海滩上夏季的积沙。受季节性涨潮的影响，清澈的潮流直逼沙丘脚下。在这股冰冷的潮流日复一日的逼迫下，水边最后一批蚱蜢及淘海的人都从海滩上消失了。一阵寒风吹来，我听到了干沙打在西墙上的沙沙声。秋季将尽，寒冬逼近了海岸。

第四章

仲 冬

一

在室内度过的一年是翻着日历消磨掉的一段经历,而在旷野中度过的一年则堪称完成了一项盛大的典礼。要参与这种仪式,你必须懂得对太阳的崇拜,要对它有某种自然的感觉以及某种感受力,这种感受力使得最原始的人都能注意到天长及日短。在秋高气爽的日子里,我连续几周观赏着那一团大火球沿着沼泽地后面荒原的地平线向南移动。它时而在这片田野后边落下,时而隐身于那棵无叶的树后,时而又躲藏在那个覆盖着莎草及零星细雪的小山丘后边。我认为,当我们失去了对太阳的这种感觉及感受力时，我们便失去了太多弥足珍贵的东西。总之，太阳那充满刺激性的经历是我们赖以生存的大自然的戏剧。如果不去欣赏它，不去敬畏它，不去参与它，便是在大自然永恒而富有诗意的精神之前关上了一扇沉重的大门。

　　这片碧海与沙丘的世界中壮丽的色彩，如同潮汐，随着太阳的起落而变化。日光先是变得稀薄，可是似乎并没有退却，但不久便在灰暗的几天中几乎全部消失了。温暖离开了大海，寒冬伴随着狂风疾雨而至。在十一月初的一个阴沉寒冷的拂晓，第一场雪降落了。我在前一天夜里写了封信，打算将它交给7点钟南下的海岸警卫队员，可是不巧错过了机会。当我站在沙丘顶上，听着涨潮的大海那阴沉的怒吼，向黑茫茫的海滩望去时，看不到那友好的、闪烁着的灯光。因为不想等到半夜后的下班巡逻，我便走到南边离我最近的一个海岸警卫站，并留下一张纸条，让那里早上最后一个值班员来唤醒我，取走信件。大约早上5点半，我听到了脚步声及敲门声。进来的是约翰·布拉德，一个高个子、浅头发的纽约人。他那水手厚呢短大衣一直扣到顶，水手冬帽拉得低低的，盖住了耳朵。

　　"喂！约翰，谢谢赶来。外边怎么样？"

　　"在下雪呢。我想，冬天已经到了。"他说着，诡秘地一笑。

　　我们闲聊了几句，我把信交给他，然后，他便离去，消失在破晓前的黑暗及风雪之中。

　　我屋里的火已经灭了。"水手舱"里又湿又冷，但我的兴致很高，很快便燃起噼啪作响的炉火。整个冬季，我存放了一筐劈柴及捡来的一些碎木材以备早上生火用，并且通常以壁炉中一团熊熊燃烧的火来开始每一天。一炉旺火迅速散发出充足的热量。光缓缓地来到天地之间。它并非完全来自东方，而是来自某个不确切的地方或者不知是何处——那是亮度没有增加而只是量逐渐增大的光。一场西北向的暴风雪刮过来，掠过长着莎草的湿地及沙丘，在一望无际的原野上"仿佛无处停落"，然后，旋转着刮向阴沉冰冷、铁青色的大海。当我观望时，几只海鸥从湿地飞来。这些鸟儿喜欢暴风雨的天气，善于在乌云遮日时沿着激浪飞一阵子，而在这种壮观的自然景色中总潜藏着暴风雨即将来临的险恶征兆。

雪沿着海滩嗖嗖地飞动，风不给它一丝喘息的机会。我看到打着旋涡的风雪将沙子卷进激浪的急流之中；看到雪积在海岸警卫队巡逻时留下的脚印里，堆在背风处，在空寂的海滩上留下白色的痕迹。空中的雪自有其独特的个性，因为它是科德角外滩及北大西洋的雪，冰清玉洁，晶莹剔透，而且它是掠过沙丘与湿地而不是落在地上。偶尔向北望去，我看到诺塞特灯塔的灯依然在旋转闪烁。当我观望时，那灯光在风暴中时隐时现，又陡然停止。依据历书的时间，太阳已经升起。因此，科德角近五十年以来最冷酷的冬天开始了，这是一个伴着大风大浪、有着六次沉船事件、丧失了多条生命的寒冬。

这轮十二月清晨的太阳，结束了他南下的旅程，爬上涌着白色激浪的奥尔良海滩南部那泛白的天空，从苍白的天空获取了一袭银白色。在这样的一个清晨，一些古人曾攀上山坡，呼唤这白色的神明回到他们的树林及田野；或许已经绝种的土著诺塞特人曾在那些内陆的湿地上跳着祭祀的舞蹈，同一股西北风把整齐的鼓点声吹向这些沙丘。这是一个适合走向沙丘、研习冬季的清晨。在冰冷的碧海与平坦的湿地之间，横着一道由沙丘构成的长长的屏障，它的颜色比周围的景物更白，因为当沙丘上的草枯死时，那里没有赤褐色而只有星星点点的金色。那些在夏季的西南风中如同麦浪翻滚的、绿油油的、盘根错节的青草，如今已经枯萎成一片稀疏的草丛，每株草都像一只拳头，握着一把泛白的丝须。

沙子在枯草下移动。夏季植被的枯萎以及这没有遮盖的沙丘使得冬季的强风吹向沙子，忽上忽下地翻滚于这道大屏障。在沙丘顶部，表层的沙子在移动。当然，随着风向，沙子移动的方向也在变化，但基本上都是朝向大海，因为冬季的强风都是西北向的。在某些地方，被吹动的沙子厚厚地覆盖在草上，只有枯萎的草尖探出头来。而在另一些地方，比如，在内陆沙丘的边缘，强风则吹走了植物周围所有的沙子，只留下一团干枯的草根及草茎在风中舞动。在白色的枯草丛中，可偶尔看见斑斑点点离散的雪，那是两周前一场暴风雪的遗骸。这种雪的斑迹大概会在此地停留数周，带有某种被离弃与忘却的意味。

我已经描述了沙丘表层沙子移动的情景，然而，此地冬季的主要功能则是使沙子平静，即约束大量沙子的移动。太阳不再有足够的热能来晒干沙子，湿气得以存留，沙子不再流动，变得沉稳。在夏季一刻钟就会消失的脚印如今在阴凉的地方能停留几天甚至数周。当然，冬季沙子的颜色也有变化。那种金黄的暖色不见了，取而代之的是一种银灰的冷色，再也不会以闪烁的光芒来回报太阳的照耀。

动物的生态已消失在凛冽的空气及沉重、无生气的沙子之中。从表面上看,昆虫世界没有留下任何痕迹。那些各种各样的昆虫的小路,那些蚱蜢、苍蝇、蜘蛛及甲虫为了觅食或好奇而四处游荡,在沙丘上踏出的条条奇妙小径都从这个世界上消失了,使得这里毫无生气。大自然出于对某种声音或某一瞬间绚丽之色彩的厚爱,出于某种不为人知的动机或仅凭一时的兴致而创造出来的那些数不胜数的神秘生命,那些曾经在此密布的爬行的动物、嗡鸣的飞虫,如今都在何处?此时,在这一片空旷广袤的天地之中,万籁俱寂,只能听到海潮那沉闷的轰鸣与呼啸的风声。当我在此地驻足沉思时,心中闪出一个念头,那就是我们人类对于昆虫为自然景物所增添的自然之音并非心存感激。事实上,我们对其是如此习以为常,竟然很少专心致志地去倾听这优美的交响乐。然而,在仲夏的一个月光皎洁的夜晚,当草丛中传来那像小提琴、风笛及长笛般的各种乐曲时,它们的美妙难道不是非人类语言所能描述的吗?当然,我还喜欢这些昆虫赋予风景的动感:它们的蜂拥而至,它们神秘的来往,它们盘旋时阳光在翅膀上反射的光芒。此时此地,夏季的昆虫世界已经无影无踪,可是,你依然感到了它们的存在。众多的母亲从颤动着的身体中产下了不计其数的小虫卵,并将它们精心地隐藏在草丛中、湿地里及沙滩上,期待着阳光普照,大地回春。

我再也找不到任何野生小动物的小道。每种动物都有着自己的节奏,及其独特的行走及奔跑的技巧。那些一直坚持到捉住并吃完了最后一只冻得冰冷的蚱蜢的臭鼬鼠,眼下都无精打采地依偎在黑暗的地洞里,它们的心跳变得很弱,像是其夏季之身的幽灵。显然，它们不在沙丘上凿穴。或许这是因为聪明的直觉提醒它们这些露天沙丘上的洞穴会在它们熟睡时坍塌。到了十一月，它们从沙丘向内陆湿地迁徙。靠近沙丘的小山坡中到处是它们过冬的住所。冬天，我两次看到了同一只沿着沼泽地边缘觅食的野猫。它原本是只家猫。可现在的它却表明野生环境是如何彻底改变了这种生物的步态。因为它是腹部贴着草地，像只美洲豹似的潜行。那是一只褐色的大猫，满身长毛，长着一张野性十足而又极为呆板的脸。我想它是出来捕猎在盐草地的残根败叶里觅食的泽地雀的。还有一次，我在沙地里看到了鹿的蹄印，不过我将在以后的篇章中讲述这只鹿及其在冰冻泽地中的冒险经历。

　　在奥尔良，人们曾见到一只此地罕见的动物——水獭。看到它的那个人起初以为它是只海豹，直到它从拍岸的海浪中出来并沿着沙滩奔跑时才辨别出来。

　　从"水手舱"的窗户中，我时常可以看到海豹游近海岸浮出水面时黑色的头。夏季，海豹很少出现在这片辽阔的外海滩上，我就从未见过。可是，冬季它们便频频随着海浪到岸边觅食。它们有一种特殊的技能，可以神不知鬼不觉地在一群海番鸭下面游动，从水下抓住一只毫无提防的鸭子，然后，便含着满嘴鲜艳狂乱的羽毛无影无踪了。接下来是一片混乱。幸存的鸭子拼命舞动着翅膀跃出水面，它们四处逃散，旋回飞翔，再重新聚集。不久，自然抹去了这场搏斗的最后一丝痕迹，大海又一如既往地波涛滚滚。

　　北边发生了一件不可思议的悲剧，那是自然世界中可怕的自然威力所致。有一天晚上，我在诺塞特的朋友比尔·埃尔德雷奇告诉我当天早上雷斯[1]附近海域发生了海难。人们从海滩上看到两个驾一艘三十英尺长大平底汽船的渔民出了麻烦,他们是由普罗温斯顿出海的。渔船卷进了由海浪翻腾起的激流,致使船翻人亡。几天后的一个夜晚,比尔又到南边来,我站在"水手舱"沙丘脚下的沙滩上与他聊了一会儿。那是一个可爱的冬夜,平静的海面上,满天繁星。"你还记得我给你讲过的那两个渔民吗?"比尔说,"现在人们已经找到了他们。其中一人有一个在伍登警卫站工作的儿子。昨天夜里当他巡逻归来时,在海滩上发现了他父亲的尸体。"

二

周六同时也是元旦,那天夜晚,沿海岸线一带几乎是漆黑一片。在黑暗中,诺塞特灯塔的灯闪着红光旋转着,显露出一个形若圆盘的世界,嵌在黑色的大地与阴暗的天空之间。狂风肆虐,吹向海岸。午夜后的某个时候,从卡洪霍洛海岸警卫站到南边巡逻的一个警卫队员发现了激浪中的一艘斯库纳纵帆船,海水猛烈地冲击着它,索具在风中碰撞,船员们在"大喊大叫"。此处我用"大喊大叫"这个词并无不妥,因为无论是将这个动词形式写作"呼叫"还是别的什么,都无法精确地描述那个事件,或传递那天夜里听到的声音。在向沉船发出红色的信号,通知船员们已

---

1 位于科德角西北部。

经发现他们之后，那个警卫队员急忙赶赴卡洪警卫站报警。在站长亨利·丹尼尔斯的指挥下，警卫队员拉着载有救生设备的车，沿着激浪拍岸的海滩南下，然后穿着裤形救生圈安全地救起了船上所有的人。在风急浪高、海水已经漫过渔船的情况下，这种大胆及时的营救工作实属不易。

我在次日下午第一次看到了失事渔船。那是一艘名为A.罗杰·希基的双桅气垫渔船，由渔场驶向波士顿。据说，船的罗盘出了故障。科德角悬崖顶端有一条小路蜿蜒而下，当我从小路的顶端俯视那渔船时，只见它停在向北一英里处空旷的沙滩上。那是一艘典型的波士顿渔船，红色的船底，黑色的船身。我估计渔船有一百多英尺长。整个辽阔的景色堪称一幅绝妙无比、美丽动人的画卷。我想那景色很难让人忘怀：碧空下那茫茫的、翡翠色的大海，淡紫色的雾中那长长的、深棕色的沙滩，那艘被遗弃的、色彩鲜艳的渔船以及在船的周围移动的黑色的小人影。沙滩已经拆开了它的战利品。在沿沙滩去失事船的路上，我看到了破碎的木板、一个完好无损的白色舱口盖，还有几束被海水浸泡的马尼拉硬纸标签，上面用大黑体字印着一个鱼商的名字。

不久，就有三个韦尔弗利特[1]的女士向我走来，她们都是亲切和蔼的新英格兰家庭主妇，每人都在腋下夹着用报纸裹着的一条大黑线鳕，三个翻着眼珠的鱼头像是从纸衣领中伸出来，从后边可见三条鱼尾。显然，在希基号受损后，人们正在发放装载在船上的鱼。

1　当时科德角的一个村庄，现为一城镇。

到达失事船的残骸处，我发现船舵已被折断，船骨木已被扭曲，接缝都张开了。从主人的怀抱中被救出的那只船上的狗，有惊无险，卧坐在沙滩上，浑身发抖。那是条毫无恶意、平淡无奇的褐色狗，身上长满了可怕的疥癣。几个衣着平平、穿着橡皮靴的男人和男孩围着船观望，在船周围的沙滩上留下一圈圈脚印。还有一些人在渔船倾斜的甲板上无精打采地忙碌着。我在船上找到了多年的老朋友，卡洪警卫站的站长亨利·丹尼尔斯。他告诉我除了两三个人之外，希基号上的其他船员都已经乘火车返回了波士顿。由于渔船严重受损，必须尽快将它拆卸，留下还能用的船具，然后弃船。

人们正在就船中一个已开口的鱼舱进行讨论。希基号打捞上来的鱼还在那里，成堆的灰色大鱼。其中有翻着眼珠的黑线鳕、长着鳃须的鳕鱼，还有比目鱼及大檬鲽。人们商讨的问题在于当希基号被激浪损坏、海水进入时，舱内的鱼有可能被燃料油浸泡过。当时，这个问题没有引起人们的重视，结果，一些船员将鱼发放给那些来看船的人。这些鱼还真是美味可口。

结果，他们拆卸了 A.罗杰·希基号，拿走了发动机及可用的器械，然后，放火烧了废船。时至冬末，海滩上连一片船的碎片都没有了。这是第三艘沉船，还有其他沉船事件接踵而来。

随着冬天的逼近，我开始期待在寒冬有所发现的日子。可是这种机遇比我想象的要少得多。由于科德角伸入了大西洋外海，于是便具有岛屿温和的气候特征。这里偶尔也会降温，但是气温几乎从未像麻省海岸线内陆那么低，也不会来一阵"持久不去"的寒流。在内陆的暴风雪，到了科德角就变成了暴风雨。而当暴风雪果真到来时,也只不过是在伊斯特姆湿地上形成一层薄冰。暴风雪过去的两天后,积雪便成为莎草覆盖的山坡上一片一片白色的点缀;再过一天,就只剩下残雪、浮雪和斑斑点点的散雪。甚至在伊斯特姆内陆的湿地与沙丘之间的气温也有差别——沙丘上较为暖和。一个冬日我偶然发现两处的气温竟相差八度。

在这片海滩上只是偶尔才能观察到寒流的杰作,我所说的寒流是指气温跌至零度。这种寒流也往往是陡然而至,在一夜之间创造出一片新天地,然后又在一夜之间悄然离去。带来这种降温天气的媒介是一股西北风,它由加拿大北部森林及封冻的湖面,经过马萨诸塞湾吹到我们这里。我记得它到来的时候,是一月初的一个周四的夜晚,冬季的乌云滚滚地涌向海面,寒星在移动的云朵中时隐时现。我一走到外面,就感到海滩上寒风刺骨,挺不情愿地吸进了一口口的凉气。第二天依然是我在海滩上经历的一个寒冷凄凉的日子。大海呈紫黑色,波涛汹涌,翻滚着阴沉的、漂浮着白沫的浪头。在微弱铅白的晨曦中,可见在大地、海面及孤寂的沙滩上,笼罩着大片躁动的、紫铅色的云。滚滚的乌云经过科德角涌向大西洋。我从居住的沙丘走向海滩,想看看外面的世界。向海面望去,只见一艘孤零零的货轮为躲避西北风正在靠岸。它在风大浪急的海面上艰难地行进着,每行进一步都抛出层层的浪花。货轮的船首及前甲板已经结上了厚厚的一层冰。海鸥沿着铁黑色的落潮飞翔,它们那白色的羽翼在若明若暗的北极光中呈灰白色。寒风刺骨,冷气袭人。

在寒冷的夜晚,形成了两个海滩。在低潮时,是欣赏与观察这两个海滩的最好时机。上海滩是位于沙丘与夜间海浪高潮线之间的那片海滩。下海滩由这条高潮的分界线缓缓而下,直入大海。上海滩及沙丘都是冰封雪冻。走在冻结的沙地上,感觉挺好,因为冻结的沙粒踩上去踏实稳当。尽管沙地表层坚硬,却如同在坚实的地板上铺了一层厚厚的油毡,富有弹性。将脚踏在封冻的沙子隆起的地方是一种新鲜奇特的经历。埋在沙子中的残骸碎片、一团团的海藻,这些东西都坚硬无比,如同岩石般根深蒂固。在最高的一座沙丘脚下,我发现了一只冻僵了的雄性斑头海番鸭,又名白骨顶[1]。我用脚把他从封冻的沙子中踢出,捡起来一看,他身上并无伤痕。下海滩,即夜间被海潮覆盖的那片海滩,在与上海滩的结合处冻得很结实,但是由细沙组成的向海浪延伸的斜坡,尽管也上冻了,却没有完全冻死。在海浪的边缘,一点儿也没上冻。

在这一上一下,一个完全封冻、一个仅覆盖了一层薄冰的两片海滩之间,有一片八或十英尺宽的边界区,也是一片自然力量相互冲撞的无人区。在夜间海潮的高峰期,大海将边缘泛着白沫的海浪抛进茫茫暗夜的严寒之中,在倾斜的海滩上形成了多层海水结的薄冰,保持着海浪的曲线及浪尖的形状,是严寒迫使海浪的边缘成了这般模样。高潮的边缘通常是波涛汹涌、浪花迭起的地方,如今却显得无声无息,像是被剥夺了活动的权利。海浪形成的扇形边际,卷起的浪花,吐出的奔腾的长舌,所有这一切都以如雪的冰花展现出来,令人心醉神迷。海浪的上边缘只不过是海滩上一道闪闪发光的冰层,它的下部厚十二至十五英寸,像冰

---

[1] 一种深灰色的短喙小水鸟。

块似的垂直落入下面的海滩。极目远眺,这条冰带横亘南北,绵延于海滩上。

这冰块随后的故事也饶有趣味。两天的酷寒过后,夜间的风向变了。那天夜里的海潮神不知鬼不觉地抹去了海滩上冰块的痕迹。可是,附在隆起边缘的冰仍依稀可见,因为海水与沙子混在一起,冻在一起。不久,上海滩开始融化,冰霜离开了沙滩。在涨潮时融化而在落潮时冻结的下海滩,依然保持着上次海潮留给它的那种模样。在上、下两个海滩之间,那一片深埋的冰层顶着日晒及冬雨滞留了两周。这片冰层会突然中断,又会陡然开始。沙子从它上面吹过,海潮的边际会没过它,为适应各种复杂的自然力量而不断变化着的海滩会撕破它,然而,它却依旧留在那里。对于我们这些常在海滩上行走的人而言,这片深埋的冰层已成为一条秘密小道。海岸警卫队员都很熟悉这条道,常在夜间沿着它巡逻。当写下这些文字时,我会想到每当无路可走时,我用棍棒在沙子上试探寻找那条秘密小道的情景。渐渐地,太阳及海潮磨损、减弱了它的抵抗,于是它便消失了。我们试探性的脚步再也寻不到它了。

在这个阴沉寒冷的日子里,广漠的湿地上呈现出另一种荒凉。大片平坦岛屿的周边结了宽宽的一圈冰。浅的河道已经完全封冻。深的河道中依然急流湍湍,漂浮在水流中的冰块随着浪头翻滚。眼前的景色有着某种冬季的一体性。因为冰霜把条条水道及岛屿连成了一整片广阔的冬季平原。

次日清晨是个晴天,但依然寒气袭人。我无意间走到外面眺望了一下湿地。在大约一英里半的远处,只见在一条开阔的河流中有个黑乎乎的东西,像是一只不曾见过的大鸟。也许是只离群的大雁?我用望远镜一看,发现那黑色的物体是个鹿头,那鹿正向河的下游游来,当我看时,还能听到远处的狗叫声。一对出来猎食的野狗,在某处发现了那只鹿,于是便一路将她从沙丘追逼到冰冷的河中。鹿在河中游着,不久,便转向河边,就在"水手舱"后边那片湿地的小岛上了岸。那是只小雌鹿。当时我就想,现在依然相信,这只雌鹿就是那只常常在"水手舱"附近留下蹄印而我却没有见过的动物。我想,她栖息于湿地北岸的松林中,常常在天刚破晓时来到沙丘。我们还是回到这只鹿的冒险经历吧!我观察到,整个下午她都站在湿地小岛的中央,她那赤褐色的躯体掩蔽在高高的、枯死的海草之中。当夜幕降临时,她依然在那里,一个孤零无助的生灵,一个冰天雪地中的小小的斑点。是否她过于惊恐而不敢返回呢?那天夜里,海潮格外高,小岛将被淹没在海水及浮冰中至少两英尺之下。雌鹿会不会趁着夜色游上岸呢?半夜,我起身走到我那片孤寂的世界中,只见在寒星闪烁的天空下,冰雪覆盖的湿地闪着苍白的光。却不见雌鹿停留的那片岛屿,剩下的只是湿地边缘的冰层,阴森恐怖。

  第二天早上我做的第一件事就是拿着望远镜去搜索那片岛屿。那只雌鹿还在那里!

  至今我还时常会驻足发问:这个娇嫩可爱的动物是如何经受住那个冷酷的漫漫长夜?泥泞的沼泽地上,星光惨淡,满目凄凉。冻结的冰在她的脚下发出碎裂声,潮水低吟着向她涌来,当冰冷的潮水慢慢地没过她弱小的双腿,强烈的西北风整夜吹着她的身躯时,她是如何熬过了这一切,得以幸存?上午的时光缓缓地延长,太阳在湿地上渐渐升起。不久,海潮又开始上涨。我看着潮水涌向被困的小雌鹿,不知道她是否能逃过这第二次的灭顶之灾。将近正午时,大概当潮水没过她的双脚时,她来到小岛的边际,跳进了小河。由于落潮,河水中流淌着冰碴、泥水及漂浮着的冰块。小鹿显得弱不能敌。她几乎纹丝不动地待了几分钟,然后,游向河的一侧。接着又开始不知所措。当她似乎又停下不动时,显然是被身下的大冰块撞击了一下,推向前去。她使尽浑身解数,挣扎着又游出水面,惊恐无比,但依然顽强地求生。我对于小鹿的逃生几乎放弃了希望,这时,意料之外的救援来了。看来前一天,我的朋友比尔·埃尔德雷奇在海岸警卫站的塔上值班时,无意中看到了我叙述的故事的开端。次日,他发现那只小雌鹿仍站在湿地中。所有诺塞特海岸警卫站的队员都对此事发生了兴趣。看到了在激流中奋力逃生的可怜的小生灵,三位警卫站的队员划着小舟,用船桨顶开冰块,将小鹿救上了岸。当她上岸之后,已不能站立,虚弱得不停地跌倒。但最后,她还是站了起来,停一会儿,然后,便进了松林。

三

我现在要讲一讲2月19日及20日的那场由东北风导致的大风暴。据此地的人说,这是自1898年11月波特兰号在一个狂风暴雨的夜晚沉没,其船员全部遇难之后,科德角外海最大的强风暴。

风暴始于一个周五的午夜之后。气压计并没有明显提示它的到来。那天下午,我沿海滩走到诺塞特海岸警卫站,发现比尔·埃尔德雷奇在塔上值班。我让他在半夜路过我的住处时叫醒我。"别管屋里是否亮着灯,"我说,"进来叫醒我就行了。我可以与你一起到海滩上去。"我经常与警卫站的人一起巡逻,因为我喜欢在夜色中漫步于海滩。

午夜刚过,比尔就来到门前,但我并没有起床穿衣与他去海滩,因为我白天堆积木柴,有些乏累。于是我便坐在床上守着奄奄一息的炉火与他聊了一会儿。在特别冷的夜里,我习惯在炉子里放上一根大圆木,希望它能慢慢地燃烧到天明。不过,在不太冷的夜晚,我索性让火熄灭,成为一片灰烬。因为我睡觉很轻,炉火中火焰燃烧的响声也能把我吵醒。生活在偏远的大自然之中原本就使人的感官灵敏,而离群索居使得这些感官更为警觉。

比尔倚着砖砌的壁炉而站,他的胳膊肘支在炉架上。在黑暗之中,我几乎看不清他那一身蓝装的身躯。"起风了,"他说,"我想这次是东北风。"我对于因疲劳而不能起身与他同行表示歉意。聊了一会儿之后,比尔说他得走了,然后便返回了海滩。当他进入沙丘时,我看到他的手电光在黑暗中闪烁。

早上醒来时,我发现冻雨沙沙地打在东面的窗户上,外面狂风呼号。载着冻雨的东北风由狂怒的大海逼近科德角。大海的落潮与直扫海岸的强风搏斗着;当那白色的风暴由昏暗的天空倾注下来时,原本孤寂荒凉的海滩显得更为凄凉。在狂风的吹动下,冻雨如同暴雨般地降落。我生着了火,穿上衣服,走到外面,用衣领遮住头来抵御迎面的冻雨。我将一筐筐的柴运进屋里,直到屋子的一角像个柴棚。然后，铺床叠被，在长沙发上盖上墨西哥毛毯，点着煤油炉做早饭。我的早餐包括：一个苹果、燕麦片粥、用壁炉烤的面包、一个煮鸡蛋，以及咖啡。

冻雨越来越大，它突袭般地急促，它沙沙地落下。我听到它落在房顶上，打在墙壁及窗玻璃上。屋内，炉中的火焰在痛苦的冷光中挣扎跳跃。我在琢磨一艘小渔船，那是条三十英尺的"比目鱼拖船"，前一天傍晚停泊在离"水手舱"约两英里的地方。我用望远镜寻找它，但由于风暴而看不见。

风暴呼啸着涌过沙丘，向西扫过荒原。湿地中的岛屿呈黑褐色，河水呈铅灰色，在狂风下急速地奔流。在这些荒凉小岛的岸边，河水波涛汹涌，怒潮咆哮着，翻腾起一圈圈苍白的浪花。其景色别有一番难以言表的冷酷与凄凉。我一整天都待在家中，不断地往炉中添柴并向窗外观望。有时，我也走出去看看"水手舱"及其地基是否安然无恙，同时也透过雨幕，尽可能地看看海上风暴的情景。近海的海面上正在进行着一场出来与进去的拼搏。在北大西洋的岸边约一英里的地方，夹着冻雨的狂风发着怒威，引起了巨大的震撼。排山倒海的巨浪翻滚着，沸腾着，慌乱地涌过来，这长达一英里的巨浪发出的隆隆声、嘶嘶声及嘎嘎声与狂风的尖叫交织在一起，令人畏惧。由海底深处生成而冲向海滩的拍岸巨浪狂野无比，肆意妄为。天黑得早，我关上了所有朝向那片咆哮的大海的窗子，只留下一扇朝向陆地的小窗。

风暴随着夜幕的降临而愈演愈烈。风速高达每小时七十至八十英里。正是在此时，我得知，陆地上的朋友们开始为我担忧，他们中的许多人通过寻找我房中的灯光来判断我的安危。我的灯,是一盏简朴的、带着白色瓷灯罩的煤油灯,放在朝向陆地的那扇窗前的桌子上。一位老朋友说他看见了灯光或自以为看到那灯光闪烁了一下,然后便消失在黑暗的狂风之中,几个小时都不见踪影。在我的小屋中,却是异常地平静。不久,下午有点落潮的海浪转而开始涌向海滩。整个下午,拍天的海浪咆哮着冲击海滩,落潮顶着狂风。随着海潮的变化,大海的狂怒显得令人难以置信。巨大的涛声与风声共鸣,大海从黑夜中醒来,要与它古老的对手——大地——一争高低。它吐出一道道震耳欲聋的海浪,一排排地涌向那沙筑的、长长的防波堤。"水手舱"虽然低矮,却建得牢固,安如磐石,只是它的墙壁在强风中瑟瑟作响。我可以感到砖砌的烟囱在震动。随着海浪的冲击,房子下面的沙丘不停地颤抖。

我在琢磨,这个风急浪高的夜晚,我那些诺塞特警卫站的朋友们在哪里呢?是谁今晚到北边巡逻,要顶着冻雨走七英里的夜路,然后,才能回到警卫站避寒,回到那擦得锃亮的、温暖的火炉前?事实上,那晚是比尔值勤,由于沙滩上的浪大,他走的是悬崖顶上,沿崖边延伸的一条小路,那条路直面肆虐的狂风。当我沉思着,为我的朋友担忧时,听到有人敲我那扇开着的窗子,随后,脚步声来到门前,响起了敲门声。让我的来访者进来很容易,但是在他身后关上门可就另当别论了。顶着狂风的威力关门,就如同顶着某种实实在在的物体,就像我用力将门顶着一团鼓起的毛毡。我的客人是艾伯特·罗宾斯,由诺塞特警卫站南下的第一个人。他是个身强力壮的年轻人,一个棒小伙。他浑身是雨雪和沙子,头发里、眉毛上、眼角里、耳朵里、耳后、嘴角里，甚至鼻孔里都是。然而，我看到的却是一张坚毅的面孔，还带着粲然的笑意。

"想看看你是不是还在这里。"他调侃道，用指关节从眼睛中揉出沙子。我连忙给他倒了一杯热咖啡。

"有消息吗？有人出事吗？"我问道。

"是的。在海兰附近，有一条海岸警卫站巡逻船的发动机出了故障。船在那里抛锚了。已经由波士顿派了两艘驱逐艇去营救它。"

"你是什么时候得到消息的？"

"今天下午。"

"再没有别的音信？"

"没有，电线被刮坏了。我们无法联系到卡洪以外的地方。"[1]

"假如驱逐艇到不了他们那里，船上的人有机会逃生吗？"

"唉，但愿如此吧。"他说。片刻之后，他又补充说："不过，可能性不大。"然后，他道了声"回见"，便又投入了风暴之中。

我没有上床睡觉，因为我要做好准备，以防不测。当涨潮时分逼近时，我穿足了衣服，熄灭了油灯，走到外面的沙丘上。

满月过后两天的月亮从云层中升起，依稀可见。它那苍白的月色星星点点地洒在被风暴摧残的大地及动荡不安的大海上。天空中飞舞着冻雨，响彻着风吹过枯草时那种奇怪、可怕而又急切的声音。沙尘被吹得旋转着飞上天空。这种冻雨及沙子迎面扑

---

[1] 海兰位于科德角北部外海一侧，诺塞特位于南部外海一侧，卡洪位于两者之间。

来，如同小鞭子抽打在脸上。我从未见过这种浪潮。它越过海滩，爬上横在丘陵之间的五英尺之高的沙丘，将那些残骸抛进白色的海滩草地中达五六十英尺之远。湿地成了一片潮水的海湾和介于沙丘与湿地潮水形成的河流之间的"河道"。在位于我北边几百码处就有这样一条河。在南面，海浪想从侧面击垮沙丘，但未能得逞。位于南北夹攻的"水手舱"，如同建在沙丘伸向海浪的一所房子，它再也不是俯视大海，而是平视大海或略高于海面。在向北约三分之一英里处，我无意中看到一件怪事。那里沙丘的周边被冲走，沙丘在海潮的冲击下开始坍塌。不久，在沙丘的崩溃中露出了掩埋已久的一件黑乎乎的古老沉船的残骸。随着潮起，这怪物开始漂浮移动，然后，沿着沙丘被冲向南方。这只沉船残骸的情景有种难以置信的恐怖：它从自己的坟墓中摇动出来，将自己的一把老骨头再次交给肆虐的狂风，任其摆布。

当我在夜色中行走时，不由得想到此地那些在湿地中生活的鸟类。那不计其数的海鸥、野鸭、大雁以及它们的对手与盟友——如今它们都畏缩在何处？在这个狂风暴雨的夜晚，它们将在何处藏身？

整个周日的上午都在下着冻雨。在科德角这场风暴中所下的冻雨比这一代人看到的都多。然而，到了下午3点钟左右，风停了，留下波涛汹涌的大海。到了诺塞特警卫站，我打听到了海兰灾难的消息。尽管驱逐艇竭尽全力，还是未能靠近出故障的巡逻船，不幸的船已经支离破碎。估计它是撞在外海的障碍物上。九人丧生。两具尸体在次日浮上岸边。船上的警戒在早上5点停止，所以我们得知这艘船经历了一夜的风吹雨打，在早上才成为碎片。船上那些可怜的人啊！他们是怎样在那个可怕的夜晚苦苦支撑！

　　风暴过后，满目皆是残骸：巨大的圆木、树桩、船只的碎片、板材、甲板横梁、船舷、粗糙的树木、在海浪中独自漂浮的希基号的大船舵、裂开的船尾骨等等。风暴过后的次日，人们赶着马车，开着福特汽车由伊斯特姆来到出事海岸。他们向海面观望一阵儿，与碰巧站在身边的人聊一聊这场风暴，到海岸警卫站看一看，然后，便漫不经心地开始拣集最好的木材。我看到比尔·埃尔德雷奇在一个被潮水冲开的河道上拣木板用以建鸡窝。海鸥在泛着白沫的浪潮上盘旋——在浪潮颜色最淡的地方，海鸥聚集得最多——这些海鸥在拍岸的海浪及湿地之间飞来飞去。在它们眼中，或许，这里什么也没有发生。

第五章

冬季来客

一

　　冬季，沙丘及大海滩完全成了我个人的天地。我独居在"水手舱"，像克鲁索[1]在他的荒岛上那样无人打扰。人类从我居住的自然世界中消失了，就好像也是某种候鸟。当然，我也能看到湿地对面高地上伊斯特姆村的房屋、海面上过往的货轮及渔船，但是这些都是人类的杰作而并非人类本身。到了二月中旬，在"水手舱"附近的海滩上看到一个陌生人在散步，将不失为值得一书

---

[1] 鲁宾逊·克鲁索，英国作家笛福所作小说《鲁宾逊漂流记》中的主人翁。

的大事件了。假若有人问我是怎样在数九寒冬,在如此荒凉的世界中忍受住了与世隔绝的孤寂,我只能回答我感到在这里度过的每一刻都十分充实并满心欢喜。能够观看并研究不受干扰的自然之进程——不妨用《圣经》的说法称其为"伟大的杰作"——是人类应当心存敬意与感激的一种机遇。况且,在此地,在冬季的沉静与孤寂之中,整个地域终于都成了我自己的天地。这里最内在的自然生活将不受人类的妨碍与干涉,依据其原始的轨道自行其是。没有人来猎杀,没有人来探索,甚至也无人来观望。大地、海洋及天空,这岸边的三位一体,不受人为的妨碍相互追随着它们宏大一统的目标,就像行星在自己的轨道上围绕着太阳移动。

一个人过于孤独并不好,就如同总是在人群中一样不明智。不过,尽管我是离群索居,却很少情绪低落,或者"任凭时光悄悄地流逝"。从早上起身打开朝向大海的房门,到夜晚在清冷的房屋里划亮火柴,总是有事情要我去做,有东西要观察,有情况要记录,有事物要研究,还有一些要牢记于心的细节。不同天气情况下及不同潮汐中的大海,时而是孤寂的灰色,在冬雨中朦朦胧胧;时而是一片碧绿,在阳光下闪闪发光。湿地上也不寂寞:有大的集会,小的汇合,有那些游荡的鸟群,以及冬鸟家族的团圆。还有从海洋展开、越过沙丘的夜幕,它显示出冬季夜空的璀璨:一簇簇明丽的星群,一颗颗孤寂的寒星。要观望美丽神圣的夜空,下面的世界理应同样精彩,否则这幅伟大的画卷将一分为二,无人能将它结合为一个神圣的整体。我认为那些我自以为最孤独的夜晚(如果我可以暂且让自己沉迷于这种情感之中)是刮着东南风、雨在黑暗中落下的夜晚，门外广漠的世界都消失在雨雾之中。那种在雪后或一阵寒流过后冰雪迟迟不化的情况如今已经不多见了。在刮东南风的夜晚，湿地及海上都是大雾弥漫，远处伊斯特姆的灯光消失在一片黑暗之中。沙丘下的海滩也是雾霭蒙蒙，由雾中冲出的海浪波涛汹涌。风卷起了沙子，沉稳悲伤地把海浪像庄严的殉道者一样送上不归之路，每一道海浪都被抛起落下。在一声沉重威严的吼叫消失于暂时的沉寂之后，又一个殉道者从黑暗的大海中接踵而来。仅有一种感觉使我想起已经消失的人类世界，那就是在近海摸索前进的过往船只那充满怨恨与悲哀的长长的汽笛声。

然而，我并非完全与世隔绝。我在诺塞特海岸警卫站的那些朋友每天夜里都在海滩巡逻，风雨无阻。他们经常来看看我过得怎么样，带来我的邮件，告诉我科德角的新闻。这种来访带给我真实的欢喜。在傍晚7点半至8点之间，我总是期待着门前的脚步声。对于一个一天一夜都没人说话的人而言，简短的谈话堪称愉快的经历。不过，对于说话者而言，最简单的词语，甚至最朴实的用语"进来"，都带有某种由于激动而喋喋不休的怪异。有时，没人来访，我就在炉边静静地阅读，看看我的笔记，想一想那天夜里是谁在海滩上巡逻。

离群索居也并非易事，因为人类原本是群居动物。尤其是处于青年时代的人，血气方刚，生性爱动，如果完全隐居，将在心理上产生某种怪异的感觉。不错，我过着隐士的生活。可是我绝不假装自己是虔诚的小册子或18世纪传奇小说中的传统隐士。我每周都要到奥尔良购买新鲜的面包、黄油，经常到警卫站去看看，还常与夜间巡逻的人聊天。上述行为足以让一个中世纪的隐士将我视为闹市中的居民。其实，支撑我的并非只是这种与同伴的接触。像我这样在沙丘上居住，实际上是生活在每时每刻都暴露无遗的丰富多彩的自然生活之中。生活在这样的环境之中，在我们称之为强大生命力的环绕下，我感到自己从中汲取了一种秘方以及持续的能量。初春时分，这种生命力真实得如同阳光发出的热能。怀疑者或许会对此付之一笑并要我去他的实验室证实。他或许会随心所欲地谈论我在离群索居、不受外界影响的情况下，人性的神秘行为方式。但是我认为，凡是在自然中生活过并试图接受而不是拒绝其能量的人，都能完全理解我的话。生命如同电能及万有引力一样，是宇宙中的一种力量，生命的存在支撑着生命的延续。人可以被摧毁，然而生命力会与人的生命融为一体，如同星星之火可以燎原的道理。

可是，现在我要谈谈在海岸过冬的鸟类，在此地发生的物种的交替，以及所有的鸟类是如何熬过寒冬。

一月初，当我在一个晴朗但多风的早上漫步于海滩时，最初的感觉是空旷、美丽和孤寂。夏季海滩鸟类的生活已经了无踪影。我讲述的这个时刻，漫长空旷的海滩上，看不见一只滩鸟或海鸟，甚至连一只在此地定居的海鸥都没有。我不停地走着，没有燕鸥从沙丘上猛扑下来，责怪我擅自闯入它们那博大古老的私有领地；也没有滨鹬在我靠近时蜂拥而起，先飞向海浪，然后落在我前方几百码处。海滩上夏季的留鸟及秋季的候鸟，滨鹬、金斑鸻、黄足鹬、大矶鹬，以及三趾滨鹬全都随着太阳到了南方。

如今从南、北卡罗来纳州南部到巴塔哥尼亚[1]，它们处处可见。人们熟悉的三趾滨鹬——其学名为 Crocethia alba [2]——在此地停留得格外长久。十月间，它们几乎还像在八月一样数目繁多。十一月依然能看到许多三趾滨鹬，可是到了十二月，鸟群已经很罕见了。到圣诞节时，就只剩下几只失群离散和伤残不全的鸟了。

新年那天，在荒无人烟的海滩上，我惊起了一群翻石鹬（Arenaria interpres morinella）。当我走近时，它们展翅飞起，沿着面对沙丘的大海向南飞去。此景将作为我在自然中所见到的色彩最为绚丽的图画而永驻我的心中。因为这种比半蹼滨鹬略大一点的鸟有三种基色：黑色、白色及明丽的栗红色。而当这些鸟在飞行时，这些色彩便斑驳陆离，一览无余。它们身后是壮观的沙丘，前方是海滩的远景：银白的冷色调被抹上了淡淡的、生动的蓝紫色，那是海岸折射的光彩。

当我观望着这些色彩斑斓的鸟儿从我的前方飞向无边的大海时，不由得想到关于这些北大西洋鸟类的可爱之处，人类文字及语言的描述少得可怜。当然，有许多关于它们的书，也有不少珍爱它们的善良的人。可是我们缺乏谈论并颂扬它们美丽特征的文字材料。比如，我们从滨鸟中那个华丽而不幸的小生灵——林鸳鸯（Aix sponsa）——身上所获取的美感，那种令人折服的美丽。以及，翻石鹬也是一种可爱的小鸟，小白额燕鸥则是另一种；王绒鸭是一种高贵华丽的物种。还有更多漂亮的鸟类值得关注与评

---

1 阿根廷南部的荒漠。
2 此处是三趾滨鹬的拉丁文。

论。当我看着翻石鹬飞走时，脑中闪现出另一个念头，即没看到正在飞行的鸟，就谈不上真正了解鸟类。我在沙丘上这一年的经历可谓生活在观看千姿百态的鸟类飞翔的世界之中。我相信同类的一只不飞的鸟与展翅高飞的鸟之间有天壤之别，其差别几乎就如同一只活鸟与同类的鸟标本。在某些情况下，飞翔的鸟与静止的鸟之间的差别是如此之大，以至于使观鸟的人以为是在观看两种不同的鸟。鸟在飞翔时，不仅展示出其色彩及色彩新的变幻与组合，而且还显露出鸟的个性。你可以在地上仔细地观看你喜欢的鸟，不过一旦你已经观察、欣赏了它们的可爱之处之后，别介意拍一下手，将它们送上天空——它们不会真的受到惊吓，并且很快就会原谅你——观看鸟儿在天空中飞翔吧！

海潮在退落，海浪变浅，成为落潮边际咆哮的浪花。那些细足轻翼的鸟，不知疲倦的涉禽，忙着觅食、奔跑、疾走的鸟家族都走了。它们与太阳同行，向南，再向南飞去，沿着阳光明媚的海滩，飞越宽阔的海湾，再随着太阳向南，沿着陆地的边缘，天知道它们的小脑袋瓜里闪现的是怎样古老的神话，又是何种古老的直觉驱使着它们向前。当想到这些鸟飞向的热带地区时，我记起曾经在中美洲的一个夜晚，沿热带海滩散步的情景。夜深人静，海滩上空无一人。暖风习习，拂面而来，像是摇摆的棕榈树中淅沥的雨声。一轮明月穿过风云照在大海上，海浪宛若流动的、绿色的月光。一群小鸟从海滩上陡然惊起，盘旋着，随着风而略有跌落，然后，完全消失在海上狂暴而壮观的景色之中。此时，我在想：小鸟，你们是否碰巧就是科德角的滨鹬呢？

现在，再回到我在此章前面提到的北大西洋，伊斯特姆的沙丘，以及物种的交替。当小一些的鸟飞向它们的热带地区后，北极的鸟类，随着冬季的到来，也被同样迁徙的冲动所驱使，沿着新英格兰海岸线向南飞，并且发现对它们而言，空旷无人的科德角是一个相当于佛罗里达的地区。这些鸟是北极的海鸭，许多个头很大，身强体壮。这些海鸭生来就耐得住冰冷的海水及寒冷的天气，它们全都裹着一层防水的厚厚的羽毛，几乎就像动物的毛皮。这些鸭子属海鸭亚科，来自最偏远的水域。不过还有北极的来客：海雀、海鸦，甚至还有海鸽。这些水鸟最喜欢的地区是科德角南部的一片区域，那里有一大片暖流拍打的浅滩。有三种"海番鸭"做我的邻居。或许，人们习惯于将它们误称为"海蹼鸡"。它们是：黑翅海番鸭（*Oidemia americana*）、白翅海番鸭（*Oidemia deglandi*）及斑头海番鸭（*Oidemia perspicillata*）。与我为邻的还有：拾贝潜鸭或名蓝嘴鸭（*Marila mairla*）、钻水鸭（*Charitonetta albeola*）、短嘴鸭（*Harelda hyemalis*）、绒鸭（*Somateria dresseri*）、王绒鸭（*Somateria spectabilis*）等。在白人到来之前，在科德角一带外海冬鸟的数目很可能超过夏鸟的数目。可是如今，唉！持枪的捕猎者倒是玩得尽兴了，冬鸟的数量却越来越少，有的甚至惨遭灭绝。现在，此地夏鸟的数目远远地超出其冬季亲族的数目。

此外，一种新的危险现在正威胁着海上的鸟类。一种无法减少的原油残渣，炼油者称为"废油"，在原油被提炼后留存于蒸馏塔中的这种废油被抽进驶往南方的运油船，然后，排进近海里。这种恶劣的污染物漂浮于大片的水域，使得落在水面上的鸟类羽毛上都沾上了废油，它们无可避免地死去。这些鸟究竟是怎样死的,依然还存有疑问。有的鸟是冻死的,因为黏糊糊的废油把北极水鸟厚厚的羽毛缠在一起,皱成一团,使鸟类要害器官的肌肤暴露无遗;还有一些鸟是饿死的。诺塞特海岸警卫队长乔治·尼克森告诉我,他曾在莫诺莫伊半岛[1]附近见过一只浑身沾满废油的绒鸭想潜进水中觅食,可是那只鸟却无法跳进水中。眼下,我可以高兴地写道,现状比过去的情况要好多了。五年前,莫诺莫伊半岛的岸上布满了成百上千只死海禽。那是由于运油船在经过浅滩时将废油排进了那片海禽从古至今一直栖息的水域。如今废油的出现是个别人行为不当的意外结果。不过让我们期盼此类污染尽快结束吧。

　　我的海滩上空空如也,可是远处的大海并非如此。在海岸警卫站与诺塞特灯塔之间,一群斑头海番鸭正在消磨冬日。此地将这种鸟称为"斑头海番鸭"是因为在雄鸟黑油油头部的前额及后颈有一片片的白色。这些鸟栖在向海的海浪上——海岸警卫队员说附近有浅滩,也有贝壳——漫不经心地随着身下的波浪一起一伏。有时,一只鸟会从一个大浪头中潜进水中,然后,若无其事地从另一边露出水面;有时,一只鸟会直立于水面,拍打着翅膀,然后,再不动声色地落下。这一群大约有三十只鸟。在梭罗[2]的时代,大群的斑头海番鸭组成长长的一个阵列,沿科德角外海一字排开,可是如今,这种阵势,尽管不是十分罕见,也是偶然才能看到。

　　站在房门前,我观望着这些冬鸟沿岸边的海域飞来飞去。时

1　位于科德角南边的一个岛屿。
2　梭罗(Henry David Thoreau),美国19世纪作家,曾三次到科德角,并著有《科德角》(*Cape Cod*, 1865)一书。

而飞过去一百多只短嘴鸭的团队,时而飞过海番鸭的一族,时而又有一对绒鸭来到"水手舱"正前方的海面上歇息。

冬季,这些鸟类实际上从不上岸。它们吃、睡、生活及相聚都在海上。当你看到一只海番鸭在海滩上时,那肯定是他有了麻烦。于是,我从尼克森队长那里得知,在科德角有这样的一种说法,即我能观察到冬鸟的途径就是用一个好的望远镜或捉一只因遇到麻烦而在海滩上避难的鸟做标本。所有这些鸟一旦上岸,就有很大的不利,并且很难再展翅飞向天空。它们笨拙地不停向上跳跃,海雀实际上根本就无法再飞起来。漫步于海滩,看到一只鸟孤零零地栖在沙滩上,这是件令人激动的事情。它是只什么鸟?是什么原因使它上岸?我能否捉住它,仔细地把它看个透彻?我的战略之关键是要尽可能避免其飞回水面。所以,在鸟与海浪之间我必须抓紧时间——因为这些鸟一看到、听到或感觉到我的到来,就会开始沿斜坡逃向海浪——我很快还得知敏捷的反攻要胜于世上所有策略及耐心的潜行。如此一来便开始了一场激烈的捉迷藏游戏,惊起的鸟沿着海滩疾飞,渐渐地被我追赶着飞向沙丘,直至我迫使他飞进位于沙滩及沙壁之间的角落。

我的第一批俘虏是三只不幸的小海雀(*Alle alle*),它们在从北极过来的水路上沾上了废油。这是些棕黑与白色相间的颇为怪异的小鸟,体积只有鸽子那么大。它们用怪怪的小脚支撑着站立在我面前,拍打着弯曲的小翅膀,有一副企鹅的模样。说实在的,这种鸟还真是颇有阿黛利[1]企鹅的神态。在科德角,这些海

1　南极洲东部威尔克斯地海岸的一部分。

雀被称为"松矶鹬"——此种名称来自于这种鸟强壮结实的身体——或"小海鸽"。然而，对我而言，它们永远是"小海雀"。在"水手舱"，我给它们让出了一个宽敞的角落，用报纸铺地，以木板及一把椅子为墙。我尽力清除它们身上的废油；喂它们我能找到的海里的食物，可是一切都是枉然。它们就是不吃食。我只好让它们走了，因为我明白我对它们已经是无能为力了，而大自然自有其道来完美地解决它们的问题。

由于它们是潜鸟，看着它们几乎垂直地站立并尝试着用它们后置的小腿走动，如同观看杂技团的艺人，头朝下，试图用肘部及指尖代替脚嗒嗒地向前移动。在海滩上，当这些小鸟想要摆脱我逃走时，它们是翅膀与双脚并用。它们跑时，用翅膀划动着沙子；"划动"这个动词精确地表示了这种动作。而且，所发生的这一幕在平坦的沙地上留下了美丽的图案——一串串有蹼的小脚印，翅膀尖每划动一次刻下的痕迹。从遥远的北极一路南下，这些小海雀不是像那些进化得更成熟的鸟类那样飞越大洋；它们几乎是沿着大海波浪的表面"滑行"，总是在离岸挺远的海面上，甚至在看不到陆地的地方。

一天夜里，我捉到一只小海雀。当时我正在海滩上向北走，去见由诺塞特海岸警卫站南下的警卫队员。当我打开手电筒看看来人是谁时，瞧见一只小海雀朝我而来，他在海浪边不停地拍打着翅膀，浑身沾满了闪着光的废油。那个奇特而微弱的小生命点缀在神秘的汪洋大海的边际。我将他捡起来，他挣扎了一阵儿，然后平静下来。于是我把他带回了"水手舱"。这只鸟很小，一只手足以把他拿回家。当我握着他时，他的爪子在我的手掌上，头和颈从我的拇指与食指间的空隙中探出来。在"水手舱",他张开嘴,摆弄得"咔嗒咔嗒"直响(不用象声词可无法描述那个动作),转眼间,把他的短脖变成了难以置信的长脖,然后,看着我,眼光中流露出"现在情况还好,但往后难以预料"的神态。他还时不时郑重其事地眨一眨眼,露出眼睑上棕褐色的细柔的羽毛。我将他独自放在一个角落里,当我上床睡觉时,他已经不再用他的尖雀嘴来除去身上的废油,而是在他那个黑暗的角落里,面壁而立,就像一个在学校调皮捣蛋的小顽童受罚一样。次日,在他的一再请求下,我放了他。

我发现了一只刀嘴海雀(Alca torda),把他逼入困境,当他张开嘴威胁我却并没有行动时,我仔细地观察了他,然后便由他去了。对于一只布吕恩海鸦,我也采取了同样的方式。如果我愿意的话,或许也可以拥有一只绒鸭,因为诺塞特的一号队员阿尔文·纽科姆在晚间巡逻时就捉了一只。不过,绒鸭是一只大鸟,我可没有打算将"水手舱"变成一个海禽饲养场。结果,诺塞特的那只绒鸭在漠然地听了一阵子当地广播之后,在当晚就飞回了北大西洋。我有幸遇到一只稀有的鸟。在那场东北风引起的大风暴的第一天,中午当我冒着冻雨散步时,在一个河口发现了一只死海鸦。这只鸟刚死不久,因为我捡起它时,它的身体还是软的。当我将它握在手里时,甚至还感受到它那耗尽体能的肉体中尚存着一息余热。这是一只稀有的海鸦(Uria troile troile),属于那种几乎已经被人类从生物中消除掉的尖嘴鸟类。显然,它是由于被强风所困并长时间在狂风中挣扎而气绝身死。风暴过后,我试图再找到这只鸟,可是海潮及风暴注入了河道,将它们所到之处变成一片沙尘与残骸的混乱场面。

这些海禽以它们可捉到的小鱼为生。它们在浅水区捡贝壳，还吃某些海里的植物。有些海鸟对于当地的贻贝（*Mytilus edulis*）情有独钟。除非冬季酷冷，这些鸟似乎都还吃得不错。许多鸟在此处待得甚久，通常在五月即将来临时，海番鸭才在领队的指挥下，成群结队地飞向北方。以上就是科德角海禽候鸟迁徙的来龙去脉。我还要留点篇幅聊一聊湿地上的留鸟及候鸟。

二

大约在十二月中旬，我开始观看海鸟及沙丘以西地区的陆地鸟上演的一场交换角色的好戏。高地上的食物日渐稀少，短嘴鸦、山齿鹑及拟鹂鹏开始把注意力投向大海及盐草地，而海鸥则喜欢探索荒原并栖在陆地的松树枝上。一只聪明的老海鸥曾一度发现位于湿地西部边缘附近的乔·科布先生家的鸡场有好吃的东西，于是每天早上，这只精明的海鸟便会离开在寒冷的潮水上方盘旋的海鸥群，独自飞下来与母鸡们为伍。在那里，他会到处觅食，像一只在谷仓场院的家禽一样挑选谷物吃，直到吃饱了肚子为止。我疑惑海鸥是否现在还这样做。在如期来鸡场觅食几个冬季之后，那只海鸥于一个春季消失了，从此再也没有露面。或许他已经作古。

此时，我不由得转而想到我们对于野生动物寿命的问题知之甚少。似乎只有生命特长或过短的动物才能引起人类的注意。打开任意一本关于鸟类的好书，我都能发现对于鸟的身体及习性有极为详尽的研究，然而，就其大致的生存寿命却只字未提。要得到此种书面材料实属不易，或许有这种想法本身就略显荒唐。可是，毕竟有时人们希望动物生活中这被忽视的一面，能够得到更多的关注。

在夏季，我在湿地上从未见过拟鸸鹋，可是随着冬季的到来，它们离开了海岸警卫站边的高地，试探着沿着沙丘飞行。这种探索性的鸟群很少见。我曾看到过这些鸟在盐草地上盘旋，也曾见它们落在打猎营地的主梁上，却从未在外海滩上与它们相遇。对于短嘴鸦而言，情况就另当别论了。只要是可能找到吃食的地方，这些鸟哪儿都愿意去探索。夏季，我曾在海滩上发现了四五次短嘴鸦。它们往往在清晨来到海滩。

十月间的一个暖和的下午，无意中抬头望了望湿地，我竟目睹了两只海鸥与一只小短嘴鸦为后者在浅滩上捡到的一点海上的食物而搏斗。那是一场颇为壮观的争斗，因为海鸥拍打着银白色的大翅膀扑下来围住了短嘴鸦，使得短嘴鸦如同某些老式平版印刷画中描绘的天堂之战中的小鬼。最终，一只海鸥获得了那点美味，飞到旁边，大口将其吞下，撇下短嘴鸦及另一只海鸥像老歌中的牛一样在那儿"纳闷"。冬季及生理的需求使得短嘴鸦颇像在海滩上捡破烂的流浪汉。在不太寒冷又恰逢低潮的日子里，短嘴鸦飞到海滩上，细心地搜索，一旦发现海滩上来了其他的鸟类，便立即返回它们的高地。一群海鸥会驱使短嘴鸦们哇哇叫着飞回家，它们那乌黑的翅膀在海洋的上空舞动。即便是在这片广漠孤寂的海滩上，它们也存有极大的戒心。如果我想看看它们在做什么,在悄悄地走向它们时我就得比走近其他任何粗心的海鸟时小心十倍。我不得不蹑手蹑脚地走过沙丘中的河道及河谷,再小心缓慢地穿过吸走了身上暖意的冷沙地。我通常都是看到它们在啄食大约一两天前被海浪抛上岸的鱼——认认真真,一点一点地在吃。

偶尔,一群滨百灵(*Otocoris alpestris*)会飞越沙丘,落在海滩上的下风处或沙丘午后的阴影下。它们飞得很低,整群鸟随着山丘及山谷的起伏而起伏,这种习性使得它们的飞行壮观而有趣,颇像游乐园中的过山车。一旦落在了沙丘朝海的那边,这些鸟就会死守在海滩上,似乎从不到离海近的地方去冒险。

这种滨百灵,或许是我在冬季最常遇到的鸟类。在这个季节,它们成百上千地飞到此地;它们是如此密集,每逢我走到沙丘后面,难免要惊起一群这种戒心十足、仓皇逃脱的棕色鸟。它们的王国位于沙丘的西部,在盐草地及交错的湿地区域。这片区域在沙丘与奔流的小河之间延伸,与沙洲大致平行。启程于格陵兰及拉布拉多,这些鸟在十月和十一月到达伊斯特姆的草地,整个冬天,它们都在枯死的草丛中跑来跑去,搜索觅食。在此地只可以听到它们那种颇为伤感的"咻噗,咻噗"的鸣声,那是当它们被惊动而飞掠草地时发出的鸣叫。不过,据说在春暖花开时节的拉布拉多,当它们处于繁殖期时,它们发出的鸣叫十分有趣。

这是一个美好的冬日的下午,我穿过草地回"水手舱",手中提着东西,肩负着装满食品杂物的背包。前一天的东北风给我们带来了一场风雪。草地和湿地留下了斑斑点点的雪迹。沙丘上,尖细弯曲并缠作杯状的滩草托起了团团的白雪。在冬季的沙丘，常常可以看到这种精致的小风景画；我驻足欣赏它们，因为它们具有日本画的品质与精美。天空中有一抹蓝色，一种冷冷的蓝色从荒原上方越过天空向南方延伸，一层苍白的云雾弥漫于那蓝色的上边缘。我不时地从前方稀疏的雪地里看到一个个圆圆的黑点；这些都是被丢弃的马蹄蟹，它们外皮上的雪已经融化。一群藏在一台旧割草机下面的滨百灵紧张不安地逃出来，展翅飞翔，向南飞了五十码，又突然落下，消失在草丛中。偶尔侵入这片残根败草中的一小群山齿鹑，略有警觉但又犹疑不决地看着我走过，然后继续觅食。从湿地的西边，我听到了不同的海鸥发出的不同的叫声，喵喵的叫声，呼喊声，还有那粗声粗气的怪声。下午的阴影聚集于沙丘的丘谷之间，蓝色的阴影，寒气袭人，空气中弥漫着大海那美妙的气味。

此时是落潮，银鸥（*Larus argentatus*）正在浅滩及砾石岸上觅食。我从望远镜中望去，它们如同陆地农场中无忧无虑的家禽。它们叽叽喳喳，喜爱聚集，也颇像家禽。科德角的海鸥群实际上同属一族，尽管分散的鸥群栖息于不同的海湾与湿地，可是，似乎这众多的鸟群一听到有新食源的消息，就会成群结队、整齐划一地去赴宴。它们对于人来人往已经习以为常，无所顾忌，甚至会跟在人后边寻机觅食。我曾见过这些大鸟围着拾蚌的人走，人将开裂的蚌扔给海鸥，如同把碎肉扔给猫狗。在食物匮乏的季节，拾蚌人会听到身后啪的一声，转而发现一只海鸥刚从他的桶中衔走了一只蚌。海鸥也追随捕鳝者。在伊斯特姆盐水湖冰冻的湖面上，你会有幸看到一对海鸥在争夺一条被捕鳝者扔掉的鳝鱼。一只海鸥会叼着鳝鱼的尾，另一只则叼着鳝鱼的头。两只鸟抢来抢去，争得怒气冲冲。这种原始搏斗的赢家或者是最强壮的海鸥，或者是抢先将鳝鱼吞下肚的海鸥。

假若你不慌不忙地观察湿地，尤其是仔细地察看那些小河及隐蔽的池塘，便会发现数以百计的鸭子。要给这些鸭子验明正身、分门别类几乎是件无法完成的重任，因为，它们的疑心很大，而且凭借敏锐的直觉选择了防御性极强的冬季营地。在这些鸭子中，毫无疑问，大多数都是北美黑鸭。在冬鸟中，它们疑心最重，警惕性最高。这些鸭子整天在介于湿地与大海之间的沙丘上飞来飞去，而且总是三五成群地飞。有一些会飞向海面，飞到消失于人们视线之外的茫茫大海。我喜欢傍晚在湿地中散步，尽量远离小河。鸭子听到了我的脚步声，开始嘎嘎叫着发出疑问。我听到了它们惊恐的叫声。其他远处的鸭子也警觉起来。有时，鸭子的羽翅在黑暗中嗖嗖地飞过。此时，一对飞过的鸭子发出的"嗖嗖"的声音动听而神秘。这是一种用翅膀发出的声音，带有一种清脆的咝咝的音调，这种音调随着鸟的接近而增强，然后，又如一声轻轻的、颤动的叹息，渐渐消失在远方。

三月的一个傍晚，正当黄昏逐渐消失于夜晚时，整个天空碰巧布满了乌云，只是在西边的云层与大地之间留出一道金色的缺口。当时，我独居的沙丘上寂静无声。整个大地一片昏暗，昏暗得如同一个浅浅的杯子被托向沉寂，托向云海的庄严肃穆之中。我听到了一种熟悉的声音。转向湿地，我看到一群大雁在草地上空，沿着那条渐渐退去、闪着金光的裂缝飞翔，它们巨大的翅膀缓慢而又庄重优雅地舞动着，它们清脆而极富乐感的鸣声回响于孤寂的大地与夜色之中。难道世上还有比此声更为高贵的野性的呼唤吗？我听着这声音，直到它渐渐消失，直到那雁群进入茫茫的夜色之中。然后，随着潮汐的改向，传来一阵大海的喃喃之语。不久，我便感到了阵阵寒意，转而回到"水手舱"，并在火炉中添上了一把新柴。

第六章

海滩上的灯火

一

现在是三月中旬,冷风吹拂在大地及沉静的太阳之间。冬季渐渐退去,一时间这广阔的世界似乎出现了一段空白。但不仅是冬季在逝去,也不仅是尚无夏季的踪影,时节成为另一种积极的存在。在冬季的日渐衰退与我们北方春季那股缓缓而来的暖流之间,大地处于一个空虚的阶段,或许是亦真亦幻。只待一场春雨,一周明媚的阳光,整个大地便会重新涌动和激荡起这一年新的活力。

这里又有一次重大的沉船事件。这是今冬的第五次,也是最惨重的一次。上周一的早上,刚过5点,那艘巨大的三桅斯库纳纵帆船蒙特克莱号在奥尔良触礁搁浅,一小时内,船身支离破碎,五名船员遇难。

周日整夜狂风肆虐,使得海上巨浪滚滚。可是,周一的拂晓却并无风暴,只是天气阴沉寒冷。从哈利法克斯前往纽约的蒙特克莱号遇到了一段艰难的水路。太阳升起时,它在奥尔良附近的海域,船上的索具结冻,船员们疲惫不堪。孤独无助,又无法操纵,船摇荡向岸边,不久,又被海浪冲向大海,并开始破碎。在滔天巨浪的颠簸、震荡及猛烈的冲击下,可以看到在每一次的碰撞中,它的船桅都摇摇晃晃。很快,它的前桅及主桅开始松动,奇异地前后错跃摇摆,撕裂了船身前面三分之二长度的部分,用诺塞特海岸警卫站罗塞尔·泰勒的话说:"将船撬开了。"船体四分五裂,两根前桅漂向岸边并离散。一批新板条从破裂的货舱内涌向大海。七名船员紧紧抓住那块在波澜中摇动漂浮的残体,这是先前的船尾。

这是一块独特的残体,因为船只是纵向与横向同时裂开,干净利索。海水从甲板下方涌入,像是涌进一只空桶。在被海浪推向浅滩时,残体的龙骨颠簸不停,时而把船员送向令人晕眩的高处,时而又把他们抛入海水的激流。两根前桅落下,啪啪地将后桅的纵帆折断,向甲板上方抛出约二十五英尺。从残余部分涌出的碎片随着滚滚巨浪颠簸摇摆。船上那些可怜的人伤痕累累,浑身湿透,冻得发抖,但又不敢将自己用绳索固定在船的残骸上,因为当船体倾倒时,他们必须腾出手脚在倾斜的甲板上攀爬。

船员中的五个人抓住了后甲板室的天窗,两个人抓住了船尾的栏杆。海浪中净是板条,涌向这些人,并沿着海滩组成了一道凹凸不平、稀奇怪异的屏障。

一个巨浪将那五个人淹没。海滩上的人看到了巨浪的到来,并高声喊叫。他们也听到了后甲板室的人的呼叫。然后,大浪倾泻下来,将那悲惨的残体吞没,化作漂浮着水沫及残骸的激流。当这股巨浪过去之后,后甲板室的人就全完了。只见一个人头在水面上露了一下,接着另一个人头漂向南方,然后,除了大海什么也看不见了。

另外的两个人依然紧紧抓住栏杆。其中的一个是个十七岁的男孩,另一个是个矮胖结实的海员。海浪曾将男孩冲离了栏杆,但那强壮结实的人伸手抓住了男孩。起潮了,船尾开始向岸边靠近。从诺塞特警卫站派出的一支特别小分队来到了海滩,设法接近并营救幸存者。蒙特克莱号偏偏搁浅在一个被定位为"备用"的警卫站附近。也就是说,如果没有足够的工作来证实维持该站的必要性,这个海岸警卫站就会被撤销。而驻守在警卫站的那两三个人除了紧急求救之外,几乎无能为力。救援人员从诺塞特警卫站赶来。他们乘的是汽车,要绕着伊斯特姆的泻湖和奥尔良的小海湾而行。可是,海上那原始的悲剧却在瞬间就结束了。

当船破裂后,人们来到海滩,拾取那里的板条及他们想要的残骸。后来,那里有一次打捞上来的物品拍卖。前几天,我在一个谷仓附近,看到有五六捆蒙特克莱号上的板条。

沉船事件发生一周之后,一个沿奥尔良海岸散步的人走到了一片孤寂无人的地方。在那里,他发现前方的沙滩上伸出一只手。在手的下面,他找到了埋在沙里的一个蒙特克莱号遇难船员的尸体。

从我的"水手舱"的木制平台上，可以看见破损的船桅及那艘斯库纳纵帆船的残骸。上周日，我走向沉船。在船员们被冲走的后甲板室的下边——我猜想，后甲板室是高级船员的住处——一片狼藉：板条、碎木、破损的镶板、湿透的毯子及船员的衣物堆作一团。我记得还有质地低劣的化纤领带。在这些碎片杂物之中，一张湿透的、污迹斑斑的粉红纸引起了我的注意，那是本小册子——《假如你出生于二月》。我常在报摊上看到十二册一套的此类小册子。这本小册子原本红色的封面由于水浸已经与其他发霉的书页粘在一起。"此月出生的人，"我读道，"对于家持有特别的珍爱。"接下来是："为了所爱之人，他们不惜赴汤蹈火。"

人们会猜想，是谁把这东西带上了船？是谁那双好奇的手在那个充满悲剧、混乱无序的船舱内，借着一缕灯光，第一次翻开了它的书页？那个十七岁的男孩不堪于惊吓与风浪的冲击，最终还是死了。那个矮胖结实的海员，唯一的幸存者，还要继续海上的生涯。"他说他只会干这一行。"一位海岸警卫队员如是说。

沉船停泊在海浪的边缘。海浪拍打着它的船尾，残体抖动着，溅起冲天的浪花。

二

要了解这片辽阔的外海滩，欣赏它的氛围、它的"感觉"，你必须将沉船的残骸与大自然上演的戏剧视为它的一种景观。

关于那些重大海难的故事与传说在科德角一带人们的心中已经根深蒂固。老人们会跟你聊一聊贾森号,讲述她是如何在一场冬季的暴风雨中在帕美特[1]附近的海域触礁搁浅,拍岸的海浪又是如何将那个落难的、孤苦伶仃的幸存者抛到午夜的海滩上;别的人会诉说卡斯塔尼亚号的悲剧,讲一讲当暴风雪迷茫遮日的二月,船上那些冻僵的人是怎样被解救下船。到那些小村舍里看一看,或许你坐的那把椅子就是从某次大海难中捡来的,而椅子边的桌子没准是另一次海难的遗物;在你脚下快活地叫着的那只猫,可能也是从沉船上救出来的。在沉船事件发生后的那个风平浪静的上午,当海岸警卫队员重返卡斯塔尼亚号时,发现有一只灰猫在死去的船长的舱位里静静地等候他们,还有一只金丝雀在栖木上冻得缩成一团。在驶往岸边的救生艇上,那只鸟冻死了,"从栖木上跌落下来",可是那只猫却得以传宗接代,延续它的生命。

人们时常用调侃的语气指责科德角人对于沉船残骸的态度。在交通不便的往昔,沉船——在这里的海岸如同在其他任何海岸一样——是一座可供发掘的宝藏,一件大海送来的礼物;甚至如今,沉船中那些有用的东西也常常奇妙地消失。这里并没有明火执仗的抢劫;事实上,科德角的公共舆论是断然反对这种行为的,因为它违背了当地正当行为的准则。在蒙特克莱号沉船事件中发生的众人捡取船上板条的情况的确令许多人感到不安。这里的人真是不希望发生此类事情。当有人因海难而死在海滩上时,

---

1　位于科德角中部的地名。

整个科德角都为之动情，谈论它，思索它；当落难的人被救上来时，没有哪个地方的人能像这里的人那般热情好客。科德角的父老乡亲们绝非是欧洲概念里那种阴险的毁船打劫者，他们首先想到的总是沉船上的人。

四十年前，一阵东北风将斯库纳纵帆船J.H.伊尔斯号搁置在伊斯特姆外海的沙洲上。那艘满载铁路钢材的船，船体漏水，被海水浸透，停在外海的沙洲上。在风大浪急的冬日，它时不时地消失在一阵阵的暴风雪之中。沿海的浪潮又急又大，救生艇无法接近被困船只，而它搁浅的地方又离岸太远，救生信号枪的声响也传不到那里。伊斯特姆的所有人都来到了海滩，男人、女人和孩子。一整天，村民们及警卫队员都在奋力接近搁浅的船只。然而，他们却力不从心。夜幕降临，那个冬日在连续不停的风雪中结束。人们不得不眼看着伊尔斯号消失在暴风雪之中，船上那些奄奄一息的人仍然抓着支桅索。

那天夜里，村民们在海滩用漂流木点起篝火，以示对那些船员的鼓励，同时也让他们知道人们会记住他们。男男女女将掺着古老残骸与雪花的沙子撒向随风飘舞的那堆火焰上。他们通宵为这堆纪念死者的篝火守夜添柴。随着清晨曙光的慢慢到来，可见有两个船员已经死去并落入海中。那天上午10点，风暴略有减弱，一艘海上的拖船靠近了搁浅船只，并大胆地将幸存者救出。如今，那锈迹斑斑、污秽的船身偶尔也会露出水面。在夏日阳光的照耀下，它上方的那片外海沙洲原本黄绿色的海水变成了蓝黑色。

18世纪的海盗、维多利亚中期的英国富商、捕鲸的双桅帆船、塞勒姆[1]的东印度商船、格洛斯特[2]的渔民，以及众多被遗忘的19世纪斯库纳纵帆船——所有这些"过客"都在这片海滩抛撒了破损的船桅、船帆及死者。为什么会有这种沉船与风暴的历史？因为外科德角向北大西洋延伸了整整三十英里，而且它那毫无遮掩的东海滩长达五十英里，正好位于新英格兰航海线的侧面。当强劲的东北风刮起，在冬季的寒夜呼啸着由陆地吹过那灰蒙蒙的、广漠浩瀚波涛汹涌的大海时，所有在科德角附近的船舶只有两条路：通过科德角或者搁浅。在茫茫的暗夜及风暴的咆哮声之中，在持续不断的冰雪的拍打下，索具上了冻，船帆结了冰，当然还有泪水——突然，在船头的背风面传来隐隐约约的海浪那长长的隆隆声——只是片刻的摇摆，就会感到海浪在船的龙骨处打转，接着是一声刺耳的巨响，船被抛上了沙洲。

搁浅的船只很快便开始破裂。船只的残体来回地撞击着沙洲，浪声吼叫着涌入船内，木制甲板啪啪地像玻璃似的裂成碎片，船骨分裂，铁杆弯得如同受热的蜡烛。

在昏暗及有雾的天气，船舶会在此地搁浅。遇到这种情况，海岸警卫队员会赶在起大浪之前全速将船上的人员救出；海岸警卫队的巡逻快艇会前往救助。

几天前的一个早上，我在诺塞特警卫站边的海滩散步时，紧贴着沙丘壁走，想看看那场风暴过后露出的沉船残骸。在"水手舱"北边沿着那断断续续的一英里海滩，新生成的朝海那面的沙

1　美国麻省东北部城市，18、19世纪是新英格兰主要海运和造船业中心之一。
2　见第64页注。

丘峭壁从先前的边缘至少向西移动了二十英尺。于是，所有曾经埋在那片地区的古老残骸由于海浪的冲洗，如今都横在沙滩上，或从沙壁中暴露出来。因为是新生成的，那片十二英尺高的断崖依然很陡，所以那残骸牢牢地填塞于它的侧面，就像切片布丁上的水果。在一处，大约有十英尺长的一艘斯库纳纵帆船的船桅从沙壁中伸出，如同炮筒伸出了碉堡；另一处，沙子正在从一艘船的残肢碎片中流出；还有一处露出一个污迹斑斑、已经发霉的黄色门角。那些纤细的、泛白的滩草的根须生长于破碎的、填满了沙子的裂缝中，宛如裸露的神经。

　　这些沉船的残骸有的已有百年之久。高潮位的潮水把海上的碎片冲上海滩。沙滩及沙丘下移而接收了它们；眼下，在一艘沉船裂开的肋材与其埋在地下的龙骨之间的沙层中，滩草长得正旺。几根蒙特克莱号船上的板条横在海滩上，已呈白色。

　　从海滩往南两英里处，矗立着诺塞特海岸警卫站，它那面小小的旗帜朝着海面，在不尽的海风中飘扬。将目光越过沙丘，可见警卫站的烟囱、久经风雨的房顶以及瞭望塔的塔尖。

三

　　从莫诺莫伊角[1]到普罗温斯顿的雷斯角[2]——整整五十英

1　位于科德角南边的一个海角。
2　位于科德角最北端的一个海角。

里——有十二个海岸警卫站日夜看守着海滩及过往的船舶。除非自然障碍,这条海岸线的守护没有间断。

在各警卫站之间,位于大约中途及方便的地点,设有被称为小客栈的简陋房屋。所有的警卫站、小客栈及灯塔都由海岸警卫部门拥有及维护的一种特设的电话系统联结在一起。

一年里的每个夜晚,当夜幕降临在科德角,当大海深沉的吼声在松林及荒原中回响时,可见点点灯光沿着这长达五十英里的沙滩移动,有的向南,有的向北,那闪烁着的点点灯光孤寂而神秘。这些灯光是由夜间巡逻的科德角警卫队员手持的提灯和电筒中发出的。在那些风狂雨急、海浪咆哮、没有人迹的夜晚,这些沿着海浪而移动的灯光具有某种伊丽莎白一世时代的浪漫与美丽,非现代的语言所能描述。

有时,一个红火花会在大海的边缘燃烧,那是意味着沉船或有沉船危险的红色信号弹。"你离外海的沙洲太近了!"——那红灯向迷失于三月的夜间倾盆大雨中的一艘货轮示意。"离开!离开!离开!"——信号弹啪啪地燃烧着,烟雾瞬间就消失了。滚滚向前,平稳如镜的浪潮变成了黑红色的涡流,翻腾着一种怪异的、类似朱红又像粉红的泡沫。在茫茫的夜色与雨幕之中,在那红光闪烁过的远处,传来一声怒吼似的应答,船舶改道而行,船上的灯光渐渐逝去。红火花嘶嘶地熄灭了,弹药筒也空了,海滩上的漆黑暗夜又回到孤寂的沙丘。次日,所有情况都平静地记录在航海日志上:"凌晨2点36分,见到一艘货轮位于外海沙洲附近,燃放卡斯顿信号弹,货轮鸣笛,改道而行。"

每天夜里海岸警卫队员都有巡逻。一年里的每个夜晚,东海滩上都可见科德角的守护人来来往往。他们不分春夏秋冬地来回巡逻，时而穿行于子夜的冻雨及呼啸的东北风中；时而穿行于八月午夜后海上那轮下弦月橘黄色的、宁静的月光下；时而穿行于电闪雷鸣的雨中世界——而且总是孤身一人。无论我起得多么早，都能见到海滩上留下的来来往往、通向远方的脚印。在那些勇敢地为人类服务的劳作中，这串串脚印每夜都会更新。

夜间巡逻介于各警卫站与下设的小客栈之间。在某些情况下或在每年的特殊时期，早上最后一班巡逻会在一个位于海滩制高点的主警卫站结束。在巡逻时，警卫队员都携带着备用的红色信号弹（卡斯顿信号弹）的弹药筒、用以燃放信号弹的把手，以及一个值班闹钟。他们必须用存放在小客栈的专用钥匙来给闹钟上弦。在夏季，每夜要在海滩巡逻两次，冬季则是三次。第一班巡逻在天黑后离开警卫站，第二班在子夜时分出发，第三班在拂晓前一小时左右出发。平均每班巡逻要走约七英里。无论何时，每个警卫站都派一个人在海滩巡逻，所以在夜间巡逻是南北轮班。

只是在有风暴或大雾的天气情况下才进行白天的巡逻。那时，警卫队员就得不分昼夜地在海滩上巡逻，得不到适当的休息，因为他们在一个几乎无眠的漫漫长夜之后，紧接着又要在狂风怒吼的冬日一英里一英里地走过长长的海滩。白天的日常值班都是在警卫站的瞭望塔中进行的。

在海滩上发现沉船或遇险船舶的警卫队员首先燃放我前面提到的卡斯顿信号弹。此举是向他的警卫站报警，告知有险情，同时也让沉船上的人知道岸上的人已经发现了他们，援救随后就来。如果沉船离警卫站很近，警卫队员就打电话通报险情。在警卫站一方，警卫站值班人员向队员报警，人人都匆忙行动起来。在最短的时间内，援救队及其设备都集合于海滩上，并在漆黑的夜色中匆匆赶往沉船地点。每个警卫站都有一台小拖拉机，用以在海滩拉援救设备。

搁浅船上的船员或者是被救生艇或者是被裤形救生圈救出。一切都取决于时机。

救生炮及其辅助设备——它的火药、绳索、钢缆、滑轮——都放在一个结实的被称作"海滩货车"的两轮运货车上。由这种炮中燃放的"弹丸"或抛射物，像一个沉重的铜制窗帘坠，一头拉出来伸进一个结实的两英尺长的杆，最后盘成一个圈。

当一艘船搁浅在近海的惊涛骇浪中时，被称作"弹丸绳"的一条细绳的末端被系于铜弹丸的小孔上。救生炮在瞄准沉船时要格外小心。弹丸必须落在船上的人可以够得着的地方，可是又要避免伤人。如果一切正常，弹丸会嗖嗖地迎着狂风飞过，落在船上，弹丸绳盘成一团。如果船上的人成功地捡起并拉起这第一条绳子，一条更粗壮的绳索会被送出，而当海员们拉起这第二条绳索或"鞭绳"时，岸上的救援人员再放出他们的救生艇、救生圈及钢索。配备滑轮及缆绳就是为了使海岸警卫队员能把救生圈送上并拉出沉船。

当所有船上的人都被营救下船后，再向沉船放出一种精巧的器械用以割断钢缆。然后，营救队收拾起各种设备，留下一个队员值班，其余人返回。

营救队走在返回的路上。这支小小的队伍人人身着黑油布雨衣。他们救起的那些人顶着狂风，步履维艰。救生艇置于货车的支船架上，行进在前列。拖拉机嗡嗡的响声消失于强风的怒吼声中。大量扭曲破损的残骸堆积在浪头上，随着每一道拍岸的海浪涌向岸边。久经风雨的木板、舱口、海员湿透的衣物到处散落。凌乱的脚印留在孤独凄凉的海滩上；空中风卷尘沙，海边浪花飞溅；狂风呼啸，无休无止。就在近海一英里处的海浪中，沉船垂头丧气地停在那里——像童话中巨人的孩子扔掉的一个玩具船，彻底被遗弃了，孤独无助。被留下值班的警卫队员，在海滩上来来回回地走着，不停地搓着戴手套的双手，观望着排山倒海的浪潮覆盖了沉船，淹没了它，又如瀑布般喷射奔流出来……倾泻于大海……斯库纳纵帆渔船，冻结的索具，留在岸上的那个人搓着冻僵的双手……是的，那就是当时的情景。

四

我每周去诺塞特警卫站几次，通常是在近黄昏时分。包裹邮件都投放在警卫站附近。偶尔，我也去那里取由伊斯特姆送来的信件。

警卫站位于科德角内陆沙丘开始的地段，是幢白色的木房，如同科德角的村舍一样，建得低矮舒适。的确，它的样子真的很像科德角的村舍。底层有设备贮藏室、厨房兼餐厅、客厅及队长室。上面一层有两间宿舍。西边的那间宿舍里有一个梯子，可以由屋顶上的活门通向瞭望塔。

我在诺塞特警卫站的邻居们居住在那里，颇像人们生活在一艘小船上。他们要操练值班。他们有服役期（第一期为三年），有领薪水的日子，有服役纪律，有军服，也有假期。早餐7点开始。上午进行操练——有时是救生艇训练，有时是抢救信号灯或旗语训练——午餐是11点。瞭望塔值班轮流进行，整日不断。下午是休息和娱乐时间。晚饭4点半开始。然后，日落西山，夜幕降临，沿海那长途孤寂的巡逻开始了。冬季，警卫队员身着深色海军蓝制服、蓝法兰绒衬衣；夏季，他们改穿白色水手服，大翻领、白色大檐帽等。这些人的正式称谓是"海岸警卫队员"，并根据他们的地位及服役期长短以数字划分级别。

这些科德角的守护者是一个很好的团队。他们不假思索、毫不迟疑地冲入最狂野的风暴——那种几乎无法生还的风暴之中。房门在他们的身后砰地关上，雨夹雪刷刷地打在窗户上，科德角古老的大地在大海的怒吼中颤动，但他们却已经行走在荒原之上，顶着狂风奋力向前，举步维艰，不遗余力地走过那可怕的七英里路程。然而，警卫队员却从来不把这些艰难困苦放在眼里，甚至很少谈论它——他们只是从收藏室拿出黑色雨衣和橡皮胶鞋，借着提灯的光穿上，然后就上路了。

我对诺塞特警卫站的人不胜感激。假若没有他们的友情与帮助，没有他们的热情好客及一如既往的好意，我在海滩上的生活体验将会过于孤独和艰难。在我那灯火通明的温馨房舍中度过的那些漫漫冬夜，沙丘上响起的如泣如诉的风声，飞旋的雪花中闪烁着的警卫队员的灯光，与人类片刻的相聚，海滩上短暂的停留，炉火前简短的交谈——所有这一切都已经深深地注入我的笔端。在漫长的冬天，每逢屋外雷雨交加时，我通常在夜间将一盏灯放在窗边，用文火慢慢地煮一壶咖啡。有时，我会听到"水手舱"木制平台上传来脚步声，有时则无人来访，于是那等待的灯光便彻夜流淌到天明。

我的邻居大多是土生土长的科德角人。生就的科德角血脉，成长于科德角的氛围，就连从未下过海的人对于大海及扬帆都有种天生的兴趣。但是这些科德角的守护人却不是岸上的旱鸭子。他们是"冲浪的人"[1]。这不失为一个绝妙的名字——特指大海滩上的人们，这些人在摇篮中就听着大海滩传来的怒吼。对于海浪及其路数了如指掌，是悠久的当地传统的继承者。如前所述，科德角强风中拍岸浪涛的景色堪称一绝，集威严、壮观与恐怖于一身，而在这巨浪中弄舟，在陆地人看来，可谓是疯狂的举动。在这种情况下，科德角人长期积累的对海浪和涛声的知识就派上了用场。此地的海岸警卫队长会选择适当的地点、时间及海浪放舟。待一切完备，出发！船冲进海浪，队长站在船尾，迎着浪涛掌舵，队员们奋力划桨向前。

五

在海滩经过一段顶着寒风的艰难行走之后，下午5时，我来到了诺塞特警卫站。我从肩上取下背包，将我海滩上的用品放在

---

[1] 此处原文为"surfman"，意为"海岸警卫队员"，亦可理解为"冲浪的人"。

厨房门外入口处的角落里。那场大风暴对海堤损坏严重,使得警卫站厨房用的井水都有了股怪味,所以,这里的人只得从村庄里拉饮用水。在入口处的地上,放着一个船上的木桶,还有矿泉水瓶。在粉红及浅黄相间的墙上是各种贮藏室的小门。

4点半的晚饭已接近尾声,可是我的邻居们还没有离开餐桌,因为我可以听到餐桌前的谈论。我对每一个声音都很熟悉。出于不愿意打扰朋友就餐的古老礼貌习俗,我等了一会儿……过了一阵儿……我敲了厨房的门。

进来!我发现我的朋友们依旧坐在位于厨房顶端的长餐桌前。晚餐就要结束了。昨天有人去钓鱼了,桌上有一个大陶瓷汤盘,原先装满了香喷喷的烩鱼,现在已经快见底了……坐下来与我们喝一杯咖啡……谢谢,好啊……接着是拉椅子给我让座,片刻之间,我便坐在桌前,聊着海滩上的事儿,吃着海岸警卫队员的多纳圈,用一种钢板制作的白色大咖啡杯品着咖啡。在我经历了那段寒冷的长途跋涉之后,下午这杯充满友情、热气腾腾的咖啡令人愉快。桌前我那些谈话的朋友全是年轻人,有些是身强力壮的毛头小伙,只不过刚刚迈入二十岁的门槛。以下是主人们的名单:警卫队长乔治·B.尼克森,指挥官;阿尔文·纽科姆,一号海岸警卫队员;拉塞尔·泰勒,二号队员;泽纳斯·亚当斯,三号队员;威廉·埃尔德雷奇,四号队员;安德鲁·韦瑟比,五号队员;艾伯特·罗宾斯,六号队员;埃弗里特·格罗斯,七号队员;马尔克姆·罗宾斯,八号队员;埃芬·乔克,九号队员。还有一些其他的老朋友结束了他们的服役期或调往别处。他们是:威尔伯·蔡斯、约翰·布拉德、肯尼思·扬以及送我一把箭鱼剑的英格弗·龙格纳。

各海岸警卫站的队长在社区都是声望与地位颇高的人。当我初次到伊斯特姆时，诺塞特警卫站归我的好朋友阿博特·H.沃克队长管辖。在警卫队员及船夫们的心目中，他可是个行家，因此赢得了科德角人们深深的敬爱。两年前，在饱经风雨、管理诺塞特警卫站二十六年之后，他回到位于奥尔良湾的那个可爱的家，颐养天年。幸运的是，诺塞特警卫站队长的接替者是一位出类拔萃的年轻军官，来自查塔姆[1]的乔治·B.尼克森。诺塞特警卫站事务繁忙，尼克森队长已经为其辉煌的历史增添了新的光环。

饭桌上的谈话挺好，话锋机智有趣。不慌不忙地喝着咖啡，我听到了那天早上海上一条不知名的大鱼与其看不见的敌人之间的搏斗——"地点就在警卫站旁边的海面"——那条鱼跳出水面，它的侧腹有一条清晰可见的大伤口……来，再喝一杯咖啡……

"不，在强风中出去巡逻不如顶着'沙尘'出去那么糟糕。什么时候都情愿顶着东北风出去。"

有时，通常是在秋季，一股干燥的强风会吹到海滩，卷起堪与撒哈拉大沙漠媲美的沙尘暴。三年前，我在此地就遇上了这样一种沙尘暴。我记得，沙尘暴开始时，火红的落日变成了矇眬的深紫红色，天空中除了几缕细细的烟云之外空荡荡的。随着天空中这种奇异的酝酿以及夜色的来临，拼命刮了一整天的北风被飞沙走石的风暴所替代。这沙尘暴挪了地方，开始直接吹向海滩并越来越大。半小时之内，整个海滩及沙丘地区变成了风声呼

---

[1] 科德角南部一地名。

啸、烟雾朦胧、沙尘满天的一个无人的阿拉伯世界。这股风沿着海滩一路狂奔,如同激流冲过河道,从布满漂浮物的沙滩卷起沙尘,令所有可移动的物品随风滚动。不久,碎石、棍棒、桶板、桶箍、旧水果箱的侧板、几缕连根拔起的海滩草、海浪大团的泡沫,以及满目叫不出名来的黑乎乎的物体都在这凶恶、令人窒息的昏暗中聚集并飞动。我也在风中行走,头缩进帆布上衣领中,眼被沙尘刺痛而不停地眨,鼻孔由于吸进沙子而又热又干,嘴不停地往外吐沙子。我还纳闷那天晚上是谁在北边巡逻——走进沙尘暴,他的头得偏向一侧,脸前得举着个牌子挡风。

  在警卫站流传着这样一个故事,说以前有个警卫队员就在这样一个沙尘暴的夜间在海滩上巡逻。突然,他听到身后有一种稀奇古怪的呻吟声,大吃一惊。他转身眯起眼睛朝狂风中看了看,瞧见有一个又黑又大的捆绑着的家伙向他滚过来,边滚边发出呻吟声。警卫队员撒腿就跑。那家伙紧随其后,不时地发出那鬼哭狼嚎似的叫声。逃亡者跑得上气不接下气,瘫倒在地,他抓住沙子,气喘吁吁地道出他的告别词:"要我的命,你就来拿吧。"片刻之后,一只巨大的木桶滚过他的身旁并沿着海滩消失在向莫诺莫伊半岛方向的路上。木桶外边中间偏上处的桶塞开了。每逢风灌进那个洞孔,那种令人恐怖的嘘嘘的叫声就会充斥着夜空。

  今晚谁第一班去南边巡逻?马尔克姆·罗宾斯,他第一班去南边。朗,他从2点30分开始巡逻。

  该收拾碗筷了。各人将自己的餐具拿到洗碗池,当天的厨师在炉中加了煤。又是一阵谈笑,厨房水泵的抽水声,往洗碗盆注水的声响,还有烟斗的烟味。晚饭时在警卫站瞭望塔上值班的队员下来了，独自在清理过的餐桌上就餐。又是一阵锅碗瓢勺的碰撞声……还有人声。接下来是打篮球、听收音机，还是警卫站的即兴表演？在这个春寒乍冷的下午，有人推开了一扇窗户，陡然间，在出乎意料的片刻宁静之中，我听到了孤独的大海那潮起潮落的震天吼声。

第七章

漫步于内陆的春光中

一

昨夜刚过2点我就醒来了,发现我的大屋满是四月的月光。夜是如此宁静,我可以听得见手表嘀嗒嘀嗒的响声。睡不着,也不太想再睡了,我穿上衣服,走到外面的沙丘上。每逢夜间这样醒来后,我通常是穿上衣服,静悄悄地出去做一番探索或探险。我的海洋世界里还有一点冷,一股柔和的西风徐徐地吹过大地,一轮满月高高地悬挂在无云的天空,落潮时的海浪只是轻轻地拍打着海岸。手里拿着需要的物件,我穿过海滩,沿着水边好走的地方向大沙丘走去。

当我接近沙丘的阴影处时，听到沙丘后边有一种夜间的声音，那是一种隐隐约约而又十分遥远的声音，一种充满野性的音乐。声音越来越近，并且越来越响。过了许久，我听到它从我的上方经过，然后，又到了外海附近。我举目凝望天空，但什么也看不见。我听到的声音已经渐渐消失了。不久，从沙丘后边我又听到了那种优美的、断断续续的、银铃般的声音——那是雁群在宁静月光下在夜空中北飞的声音。

我爬上了大沙丘，这些沙之山脉中的顶峰。沙丘的东坡上月色朦胧，然而，站在沙丘的顶峰却能把湿地及大海看得清清楚楚。河流平静得如同月光下森林中的湖泊；大海深沉，海面上浮动着一层金绿色的月光。我在那里一直待到月光开始暗淡，听着鸟类充满野性的歌声，因为，那天夜里一条生命之河流过了天空。在科德角的肘部，成群的鸟接踵而来，它们越过伊斯特姆的湿地及沙丘，在海面辽阔的上空匆匆赶路。有大群的鸟，也有小群的鸟。有时，天空似乎是一片空白；有时，空中是一片喧嚷，尔后那声音又渐渐消失于海洋。我时常听到羽翼的抖动声，偶尔也能看到飞鸟——它们飞得很快——但是，还没等我看清楚，它们就已经成为星空中的斑点了。

随之而来的是四月的清晨，春天的脚步来到沙丘，可是冬天最后的那点寒气却迟迟不肯离开海洋。日复一日，四月的太阳越来越暖，将明媚灿烂的阳光撒向广漠的海面，然而，大西洋这面明镜却一丝暖意也没有吸收。偶尔的一片阴影，一片乌云遮住了太阳，大海即刻就回到了寒冬的二月。任何乌云都不可能在沙丘上导致同样的后果。在四月的阳光下，沙丘以及它朝向内陆的斜坡，在小池塘的映照下，披上了一种奇特美丽的色彩。这是一种淡淡的黄绿色，只是那么轻微的一抹，像是人们春天在普罗旺斯[1]小山坡上看到的那种色彩。这种色彩是白色的沙子、发白的沙草以及急于露出地面的绿草芽的组合。

外海的鸟类，海蹼鸡或名海番鸭、短嘴鸭、钻水鸭、绒鸭、赤颈鸭、海雀及其同类，所有这些鸟类都已经放弃了科德角，回到了它们北方的繁衍地。在4月15日之后，在科德角就很少遇见这些海鸟了。曼尼托巴[2]的湖泊、格陵兰冰冷的山丘以及杂草丛生的苔原是它们的栖息地。这里春季鸟类的迁徙不同于秋季来访的鸟类，不像它们那样铺天盖地涌来，来的时间也不相同。出于急切的本能，同时也被大自然的意愿所驱使，这些北飞的鸟类总是急匆匆的，而且它们的夜间飞行比那些南飞的鸟类更为频繁。

"环颈鸟"是第一批在飞回北方的路途中暂留此地的滨鸟——也称半蹼鸻（*Charadrius semipalmatus*）——如同我看到的最后一批北飞的鸟一样，这些首批孤独的冒险者也是迷失离群的鸟。4月2日，我看到一只环颈鸟在我的前方沿着上海滩独飞；5日，我遇见另一只离群的鸟；8日，我惊起了一群鸟，有十二只。从那之后，我曾在不同的地点遇见类似的鸟群，并将它们轰向天空，看着它们在海浪的上方盘旋，发出优美凄婉的鸣叫。那种叫声颇像笛鸻（*Charadrius melodus*）的叫声，只是缺乏笛鸻那种清纯的、笛子般的音调。

---

1 法国东南部一地区，以其田园风光而著称。
2 加拿大中部省份，境内50%为森林覆盖，湖泊星罗棋布。

自从4月5日之后，一小群鲣鸟（Moris bassana）开始在"水手舱"附近捕鱼。鲣鸟是我多年来最喜爱的鸟类。"白色"最适合用以形容鲣鸟的羽翼，因为其羽翼的主色调白色遮住了其他次色；有些鲣鸟呈黄白色，有些则是灰白色，另一些是象牙白，还有一些是白色中透着淡淡的玫瑰色。依我看，鲣鸟披挂的色彩是大自然中所能发现的那种最纯正的白色，而且，其羽翼末端的黑色堪称无与伦比。这种鸟很大——鸟类学家假定其身长在三十三至四十英寸之间，他们使用翅膀时的样子就像鱼使用鱼鳍似的。中午，这些可爱的小生物不停地潜入水中，为碧海蓝天平添了迷人的色彩与魅力。他们跳水的动作极佳。在"水手舱"附近的鲣鸟，我估计，在海面上空四十或五十英尺处盘旋，并在沙洲的浅滩上捕鱼。在看见鱼的那一刹那，他们像箭一样从云里跃进水中。每只鸟入水时都会在海面上激起一个小小的喷泉。当沙洲的水域中有很多鱼时，这些活的鱼钩落入水中，飞上空中，再落入水中，直到整个渔场到处是溅起的水花。如同环颈鸟，这些鲣鸟也是在去往北方繁衍地的路途中。

三月初，我在奥尔良的朋友肯尼思·扬用他的福特车给我送来了一批食品、杂物。当我们站在"水手舱"的门廊上聊天时，我告诉他当天早上，一些海鸭在河道躁动不安，发出了怪怪的叫声。"显然，"我说道，"它们不会这么早就开始交配。""啊，那倒不一定，"我的朋友说，"它们在'选择配偶'。"反正，这个阶段在这些群居的鸟中，你总能捕捉到一些源于老派舞场求爱的"气氛"，有许多礼节——有一种鞠躬和点头的风味，炫耀、羞羞答答地接近、半推半就地躲闪、期待地追求、没完没了的客套话、喵喵的叫声、呱呱的叫声、嘎嘎的叫声，这些彬彬有礼的行为掩饰了最初的紧张。

在四月的蓝天下，辽阔的湿地比我所见到的任何时候都显得空旷；西风不再把春天的鸟鸣和求爱的呼唤送入我的耳际。沼泽鸭都去了池塘和荒凉的湖泊；百灵飞上天空去了拉布拉多；就连银鸥也东奔西散。尽管后者的繁殖期要到五月的第一或第二周才开始，可是成双成对的鸟儿已经游荡到了缅因[1]的东部。缅因沿海那些数以百计的大大小小的岛屿如今同尚普兰[2]当年探索这些群岛时一样荒凉，在那里繁殖的银鸥多得不计其数。

沙子已经恢复了原来那种松散流动的状态，但是它的颜色依然显示出些许冬季淡淡的灰色。在那里，金色的暖意已渐渐显露；升起的太阳不久就会驱散沙中的缕缕寒意。穿过冬季的流沙，沙草露出了嫩芽，草叶像绿色匕首似的在黄色的底座上卷起，顶端尖若细刺。别的嫩叶细芽也从往年枯萎的草丛中拱了出来。去年留下的枯叶如今已是破碎不堪，随风飘去。就连浅滩上淤泥中的植物也分享着春色。在潮水最低的时候，河床上流动的大叶藻（*Zostera marina*）显示出一缕缕湿润明丽的黄绿色；这些色彩构成了我的世界中春天的主色，而当阳光明媚时，尤为赏心悦目。

哺乳动物是从生命贫瘠的冬季中最早出现的动物——三月份我就在几个温暖的夜晚之后发现了臭鼬鼠在沙丘上留下的足印。

1　美国新英格兰地区北部的一个州。
2　尚普兰（Samuel de Champlain，1567—1635），法国探险家，法属加拿大首任总督。1603年到北美探险，从加拿大沿大西洋南下，远达马萨诸塞湾以南。

紧随哺乳动物而来的是归来的候鸟。昆虫还没什么动静,尽管有几只不知名的游荡的蝇子飞入了我的房屋。在昆虫的王国中,生命必须重新从起点开始。

四月与太阳携手共进。那轮红日在海洋中日复一日地跃起与落下,只是每天升落的位置渐渐北移。那团红红的火球不停地燃烧着,将寒冬在火中慢慢地耗尽。

二

我用昨天一整天的时间完成了盼望已久的探险,徒步横越科德角,从外海到科德角湾。短嘴鸭从"水手舱"到西岸的飞行距离是大约四英里半;[1] 经陆路徒步行走则要将近七英里半,因为必须沿着位于大潟湖北部的路走。昨天天气很好,不冷不热。东风从荒原上吹过,我在阴凉的地方及阳光下都感到暖洋洋的。

我沿着沙丘朝向内陆的边缘,走向诺塞特警卫站,看不到大海,也听不到涛声。在这些沙丘西边草与沙组成的斜坡上,这个地区的植物穿过沙丘表层的漂流物和在冬季向东部溢出的流沙刚刚露出头来。海滨山黧豆的绿叶拱出地面,碎沙粒还留在它们没有张开的缝隙里;沙丘黄花也将晶亮的沙粒抖落在一旁;在沙丘上这片新绿的衬托下,茂密的海滨李的林子还显得像以往那般黑暗,可是当我走近一片林子时,发现树上的花蕾尖已露出点点

1　作者的住所"水手舱"位于科德角东岸,直面大西洋。

绿意。

到了诺塞特警卫站,我看到我那些警卫站的邻居正在晾晒被褥,打扫房屋。安德鲁·韦瑟比从瞭望塔上向我招手;我们呼喊着问好寒暄。然后,我背朝着大海及涨潮,沿着诺塞特的那条路走下去。

从诺塞特到伊斯特姆村的路起始那一英里蜿蜒穿过一片原野。它是一片荒凉贫瘠、起伏不平的湿地,沿着泥沙悬崖的边际延伸了其长度的三分之二,沿内陆约一英里。有着一小片人工草坪的诺塞特警卫站位于我的沙丘世界和这片环海的荒地的前沿。海岸警卫队员的小路及警卫队电话线低矮、密集的电线杆是有人与我为邻的唯一迹象。

尽管此地荒芜无人,这片科德角的边缘地带却出奇地美丽,而且依我看,这里视野开阔,神秘无穷,极富魅力。就在警卫站的北边,杂草变得柔弱纤细。这片荒地的边缘地带布满了厚厚一层贫瘠草(*Hudsonia tomentosa*)[1],其色彩随着河道与一片片闪亮的白沙而变化。整个冬季,这种植物一直呈现出一种青灰色,看起来和摸上去都像棉布一样。可是现在,它却展示出大自然中一种稀奇可爱的绿色。我只得用"灰绿色"来描述它,可是这种色彩并非轻而易举就能标明。不错,它是灰绿色,然而,又具有无与伦比的光泽及貂皮似的浓密。沿着这片荒地,日益炽热的阳光正在把冬季灰色的沙子变成泛着银光的灰白色;湿地变白了,植物显得更暗。我想,这片荒原黄昏时分是最美妙的,因为它那黄

---

1 生长于北美贫瘠沙地中的一种草。

褐色的地面在晚霞从天际退去之前,就早早地聚集起大地上的阴影。你可以在大地朦胧的景物和宁静之中,听到高地下面大海的阵阵涛声。

在这片无树荒原的西边,诺塞特路沿着科德角高地缓缓而上,通向有人烟的地带。

1849年秋,当亨利·梭罗用一把康科德[1]的雨伞挡着倾盆大雨走过伊斯特姆时,发现这个地区根本没有树。而当地居民只得在海滩上捡拾他们烧火的木柴。如今,人们不仅在内陆拥有了林地,而且在科德角外滩也种植了树林。在顶风的沙洲扎根的树是油松(*Pinus rigida*),那是在长岛外的荒原及新泽西的不毛之地常见的树木。油松朴实无奇,也谈不上漂亮——有位擅长写树的作家称它"粗糙散乱"——可是要我说,它并无害处,还有价值:它提供了木柴,守住了泥沙,还为农田遮风挡雨。在有利的生存环境下,油松可长到四十至五十英尺高;而在这些多风的沙地上,年轮最长的树也只是勉强长到二十五至三十英尺高。此类油松的树干呈褐色,带着隐隐的蓝紫色,很少长得笔直到顶;松叶是三片一束,干松果像是在它的树枝上长了多年似的。

这些油松林总是着火。最近在韦尔弗利特村的一场林火烧了四天,一度还曾危及小镇。海岸警卫队奉命去帮助村民救火。他们告诉我,看到许多鹿被浓烟和烈火噼啪的燃烧声所惊吓,在燃烧的林子中狂奔乱跑。在火焰的包围中,一个人跳入池塘;

---

[1] 美国马萨诸塞州一个著名的文化小镇,19世纪美国著名的作家爱默生、梭罗、霍桑等当时都居住在此镇。

他刚跳进去，就听到旁边的跳水声，随后发现一只鹿与他并排在水中游。

昨日的林子是一片红褐色，因为到了春天，树上冬季留下的残叶都快掉完了。当我驻足仔细地察看几株死气沉沉的树时，惊起了路北林中的一只大鸟，那是一只沼泽鹰（*Circus hudsonius*）。在那些枯萎的树顶，飞出了这只褐色的、鲜活的生灵，拍打着翅膀，向前飞行，直至消失在湿地边的丛林中。看到这只鸟，并大致判断出其栖息地使我非常高兴，因为这类鸟的雌鸟通常每天都要到沙丘来。她来自内陆湿地北部的某个地方，飞越平原的东北角，然后，沿着长达五英里的沙壁飞到沙丘。这只褐色的大鸟沿沙壁一路飞来，离地面十五或二十英尺，飞行于正在苏醒的绿野之上。她时而盘旋片刻，似乎准备突袭；时而又落下，仿佛要攫取猎物——但总是在向前进。我曾见她在"水手舱"的西窗旁拍打着翅膀，离我那么近，用一只手杖即可触到她。显然，她是在留心沙鼠，但我在沙丘上还没发现沙鼠的足迹。在所有晴天的上午，她在10点至11点之间到达。偶尔，我也看到她在傍晚再次来沙丘搜索。沼泽鹰属候鸟，可是有些沼泽鹰在新英格兰的南部过冬，因此，我认为，这只雌鸟是在诺塞特的林子中过冬的。

当诺塞特路接近伊斯特姆村时，东边的油松林便渐渐隐去，路南的原野延伸开阔为优美起伏的荒原，直到大泻湖的湖畔。可见洼地中果林的树顶，几所泽地中的房子宛如搁浅的船。伊斯特姆村本身并非无树，许多人家的房前屋后都有树，路边也有树。

我对所有科德角外的树都很感兴趣，因为它们是最遥远的树——它们是在海涛声中生长的树——可是，我对其中的一类有着特殊的兴趣。当你沿着主路向南行时，可见七零八落的一些地道的西部白杨（Populus deltoides）。此种树在东北部是罕见的；事实上，这些树是我在马萨诸塞州见到的唯一的西部白杨。村民们说，它们是多年前被迁往堪萨斯[1]的科德角人种植的。那些西迁的人由于思恋大海，又返回了家乡。这些树贴近路边生长，在路拐弯处的奥斯汀·科尔先生家附近，有一片白杨长得格外漂亮。在科德角的这一区域，一种气菌将此类落叶树的树干涂抹成了奇妙的深橘黄色。昨天，当我经过那片白杨时，看到树干遍布着这种美丽如画的色彩。此类树瘤似乎并没有任何危害。

在一个伊斯特姆参战将士巨大的圆石纪念碑处，我向南转上了主路，不久，便到达了镇公所及荒原西部的制高点。从那里我下了主路，由东走向荒原，去欣赏伊斯特姆辽阔的湿地及沙丘举世无双的风景。站在荒原朝海那面的陡坡举目望去，湿地在圆形的荒地上像是一片碧绿的地毯。黄褐色的荒地上没有林木，起伏不平。在坡下的湿地上，宽阔平缓的岛屿及湿地蜿蜒的河流与黄色沙丘的沙壁平行，伸向远方。在远景的尽头，目光越过沙丘中的河谷，可见北大西洋初春冷寂的碧海。海面似乎比湿地的水平线还高，过往的船只宛若沿着沙丘在天际的低空中航行。沙丘的轮廓呈一种淡淡的绿色，在空旷的荒原的侧面，春天的绿意已经从古老的、黄褐色的土地中显露出来。昨日，我没有听到大海的涛声。

眼前的自然景色是如此广漠壮美，令我在可俯瞰湿地的山崖

1　美国中西部的一个州。

顶上迟迟不肯离去。小溪与河流涨满了潮水,将留在此地的海鸥从河岸及浅滩驱走。一时间,这片高地似乎没有了它们展翅高飞的银色身影。

在冬季,有一种鸟把这片荒地变成了自己独有的家园,那就是英国椋鸟。此类鸟显然是在这些山丘中过冬的。一个大风呼啸的冬日,我曾走过这片旷野,就是为了一睹它们在雪地上空盘旋的景色。还没等一群鸟落下,另一群便又飞起;我的身边及远方皆是它们的身影。我发现这些伊斯特姆的鸟特别有趣,因为它们是我所见的第一批恢复了其祖传的欧洲生活方式的美国椋鸟。在欧洲,此鸟喜欢大群聚集——在英国那些低地,这种椋鸟成千上万地聚集在一起。一旦大批椋鸟在一个地区落户,那么,那里就完全成为它们永久的家园。

在伊斯特姆的鸟群是否就是最初由欧洲来的那些鸟群呢?如今在荒地中栖息的不同鸟群是否最终将混合成为一个庞大专横的同盟呢?单独的冬季鸟群已经由五十至七十五只鸟组成,而据我估计,如果离群的鸟也返回其聚集地,鸟的数目将超过一百多只。我所谈到的这种鸟群的混合重组很可能发生;而且,很可能此地的资源已经不堪忍受支撑现存鸟类的重负;让我们暂且认为这最后一点属实。这一群群的黑鸟扰乱了当地整个自然界的秩序,因为它们将秋季树林及植物的最后果实及种子都吃得精光,当我们本地的鸟在春季返回时,将没有任何吃食供它们享用。

随着春季的到来,这些鸟会离开荒地,成双成对地飞走,回到村庄的谷仓及还没开张的夏季避暑别墅的烟囱中。

涨潮的时间已到,我离开荒地,前往西岸观看我所见到的所有地区性迁徙中最为奇特的景观。

三

大约五年前,在四月初的一个夜晚,我碰巧搭上了一艘由南方军营沿海岸前往纽约的美国海军军舰。我们的航线离岸很远,看不到陆地;那是一个春夜,宁静温和,夜色朦胧的天空中布满了群星。我记得看到了几艘驶向费城的船舶的灯光。当这些灯光渐渐暗淡并消失之后,大海便完全属于我们自己——广漠孤寂、星光闪烁的海。刚过凌晨1点,我看到在我们前面的海面上,有一大片无形的、闪烁着的白光,如同天空中云的倒影,同时又神秘地涌动着缕缕红光。我们赶上了随着春天的临近沿海岸向北迁徙的鱼群。我不知道那天夜里我偶然看到的是哪种鱼类,因为在哈特勒斯[1]与科德角之间的海域确有海洋生物丰富的地区。它们或许是鲱鱼。当我们的船接近鱼群时,那群鱼像一个整体那样在游动。在一阵新的震动之后,鱼群转向东边,逐渐模糊,最终完全消失在夜色之中。

每年春季,即便是这种神秘的如同波浪般在海洋中迁徙的鱼群,也会在我们新英格兰南海岸附近停留。在殖民地时期,小温斯罗普[2]曾在文中提及此事。他写道:"一种叫作阿罗鲱的鱼来到

---

1 位于美国东南部北卡罗来纳州的地名。
2 小温斯罗普(John Winthrop, The Younger, 1606—1676),北美马萨诸塞湾殖民地首任总督约翰·温斯罗普之子,曾三次出任康涅狄格总督。

这里的河中。在土地贫瘠或地力不足的地方,印第安人过去总是在每株玉米根部的小土堆下面或附近放置两三条前面提到的鱼。英国人在那些盛产阿罗鲱的地方学会了相同的农耕方法。"殖民地时期的这种阿罗鲱,其实就是"灰西鲱",常常被误称为"鲱鱼"。实际上,它根本不是鲱鱼,而是一种相关的鱼,*Pomolobus pseudoharengus*[1]。它与海中纯正鲱鱼的区别在于它的体积比鲱鱼大,而且腹侧的锯齿缘也比鲱鱼的强硬尖利。由于它的锯齿极为尖利,灰西鲱也被称作"锯齿鲱"。四月份,灰西鲱离开大海,游到我们的溪流中,在淡水池塘中产卵。

在马萨诸塞州的苇茅斯有一条著名的小溪,我每年都争取去那里一次。我还记得去年四月一个明媚的春日。"鲱鱼"溪——宽不足十或十二英尺,深不到一英尺——缓缓流淌,黄褐色的溪水几乎无声地在晨光下闪着粼粼微波。鱼群过来了,密集地游在小溪中,就像浩浩荡荡的队伍走在一条小路上;这支队伍不分上下前后,只是一个劲儿地向前涌。这鱼群数目众多,又如此密集,我在水边停下,用双手就轻而易举地捉住了两三条。透过黄褐色的溪水,可见水中无数淡淡的黑紫灰色鲱鱼的脊背以及它们露出水面的脊鳍。溪水泛着鱼腥味。死鱼零零落落地散在溪水边或被水流冲到岩石旁;鱼身上皆是枯叶败草,晦暗的鱼眼沾满了烂泥,腹侧上是被石头撞出的瘀伤——皮开肉绽的伤口,血淋淋地横在布满金褐色鱼鳞的腹侧。有时,行进的鱼群给人以静止的错觉,当你仔细观察一条鱼不停地游动时,方能察觉到整体的移

---

[1] 灰西鲱的学名。

动。不计其数的鱼又游过来了。

这些苇茅斯的灰鲱鱼来自大海，但谁也不知道它们究竟来自哪片海域。它们游到苇茅斯溪，被一条堤坝截住，又被渔网打捞上来，投入水桶，然后，用卡车经陆路运到了惠特曼池塘。我曾观看过它们刚被倒进池塘，就顺水而游的情景。接下来，或许，它们事先筹划好了时机，要在此地留下来过的痕迹；每条雌鱼撒下大约六万到十万个黏黏糊糊的鱼卵。这些鱼卵落入池塘底，任意随着所依附的淤泥和泥浆漂泊。然后，产卵的雌鱼与雄鱼一起越过堤坝，游回大海，在池塘里出生的小鲱鱼在十个月或一年之后追随它们而去，并于来年春季再回来。于是，便留下一个令人百思不解的谜。在茫茫大海的某片水域，每一条产自苇茅斯的鱼都记得惠特曼池塘，并且穿越没有航标的漫漫海路抵达此地。是什么在那一个个冷淡迟钝的小脑子中激起了灵感？当新的曙光洒在潮水形成的河面时，是何等召唤在吸引着它们？这些小生灵凭借着什么找到了它们的航线？鸟类可依据景物、河流以及海角来认路，鱼又是靠什么认路呢？然而，这些鱼很快就"来到"了苇茅斯，并随着涨满的春水，到了出生地的池塘。

一些鱼记得惠特曼池塘，另一些则记得科德角的池塘。在伊斯特姆的地图上，随处可见"鲱鱼"塘与"鲱鱼"溪。

通往海湾的路始于镇公所，经过一架还保留着磨床的旧风车。很久以前，我曾进去看那些布满尘土的流槽，空空的谷箱，以及在经久耐磨的木架上，如同干酪盒似的磨石。刺槐环绕着风车，刺歌雀落在多年不转的风叶上。当我走在布满尘土的地板上时，从磨坊的破窗中传来刺歌雀求偶的歌声。过了磨坊之后，那条路经过一片散落的房屋,越过铁轨,在伊斯特姆的池塘中蜿蜒,而后,来到一片空旷的沙地和延伸到海湾的油松林中。

路开始下坡,因为科德角外海湾的边缘低于防波堤。路的北边,只有沙地尽头的一道河堤。听惯了海浪的咆哮及海风的呼啸,海湾的宁静倒使我略感不适。没有海浪,甚至连平静的涟漪都不曾泛起;一簇簇的海草,随着水波形成了长长的波浪形,浓密地布满了岸边;四十英里之外,越过海湾湛蓝的海水,可见被海水映蓝的土地,像波浪似的起伏,如岛屿般散布,那是普利茅斯林地和萨加莫尔高地。几只鸭子在一英里外的海湾上觅食。在我观望的同时,一只孤独的公鸭,从我右边宽阔的湿地中飞起,去与它们会合。

宁静的海湾,穿过原野的微风,冬日的草地,明媚温暖的阳光,还有一只孤鸿——这里有一种新旧时光交替的感觉。生命的循环,年轮的转动,不变的总是那轮闪闪发光、至高无上的太阳。

我沿着海边走到"鲱鱼"溪的河口。这条溪只不过是一条涓涓细流,蜿蜒流过辽阔的沙草地,注入大海。当到达海滨时,在海滩上溢出,缓缓流入海湾。低潮冲击并覆盖了小河小溪;高潮涌上海滩,注入一个池塘,那池塘位于杂草丛生的堤坝后边的河口。昨日,低潮连堤坝的边际都没触到,而且在我到达之前就落潮了。在堤坝与每天高潮水位线之间,有一片二十英尺的缓冲海滩,上面弯弯曲曲地流淌着由堤坝渗出的汩汩细流。我把目光投向池塘。"鲱鱼"已经来了,因为在水草底部有条死鱼,闪烁着金光的鱼身上淤积着细细的泥沙。

偶然向海湾望去，我突然看到一小群"鲱鱼"从溪流的河口中出来，距平静的潮水边缘不足十五英尺。鱼群中大概有五十或一百条鱼。偶尔露出的鱼鳍划破了平静的水面。伊斯特姆溪流中的"鲱鱼"无法进入它们出生的池塘，受阻于大自然设下的堤坝。站在那里观望着这群受阻的小生灵，看着它们时而聚在一起，在深水中似乎一动也不动，时而挤作一团，在潮水边的浅水处骚动不安，我开始思索大自然到处传播生命的渴望与激情，让生命充满世界的每一处角落，让大地、天空及海洋都聚集着生命。在每一处空荡的角落，在所有那些被遗忘的地方，大自然拼命地注入生命，让死者焕发新生，让生者更加生机勃勃。大自然激活生命的热忱，无穷无尽，势不可当，而又毫不留情。所有这些她的造物，即便是像这些受挫的小"鲱鱼"，为了成就大地的意图，它们要忍受何等的艰难困苦、饥饿寒冷，经受何种不惜遍体鳞伤的厮杀搏斗？又有哪种人类有意识的决心比得上它们没有意识的共同意愿，宁可委屈自我而服从于整个宇宙生命的意志？

潮水退去，很快就露出了浅滩，"鲱鱼"如同镜中的影子，从我的视野中消失；我说不清它们是何时离去的，或是怎样离去的。

在下午的晚些时候再回到外海滩，我发现大海呈现出冷冷的绿玉色，涌动着白色的浪头。起风了，大片残云从东边飘过。在这股北部的气流中有一种新的暖意。

第八章

大海滩的夜晚

一

我们奇妙的人类文明已经与自然界诸多方面相脱节,其中彻底失去联系的莫过于大自然之夜。聚集在洞穴口篝火周围的原始人并不惧怕黑夜;他们怕的是黑夜赋予其他动物的力量及能量;我们这些机器时代的人,虽然借助灯光消除了对黑夜的恐惧,但随之消失的是对夜色的欣赏。由于灯光越来越多,我们把夜晚的神圣与美丽驱赶到森林与大海;在小小的村落、黄昏的路口,我们再也看不见那种神圣与美丽。莫非现代人害怕黑夜?莫非他们害怕那漫漫长夜的寂静、浩茫宇宙的神秘，以及点点繁星的纯真？坦然地生活在一种用能量诠释世界、让权欲迷住心窍的人类文明之中，莫非他们在夜晚担心自己信仰的模式及愚昧的顺从？无论是什么样的答案，如今的文明世界中充斥着那些对夜晚的诗情画意毫无感觉的人，那些从未真正看到夜晚的人。可是，如此这般地生活，即仅仅知道人造的夜晚，就如同只知道人造的白天一样愚蠢和不幸。

这片大海滩上的夜晚美丽无比。它是白天转动着的巨大时轮的另一半；没有空泛的人造之光来损害或困扰它；它是一种美景，一种满足，一种安然。淡淡的云飘荡在苍天之上，犹如辽阔壮丽的星空中朦胧的岛屿；银河构造出大地与海洋之间的桥梁；海滩将自己融入一个整体画面之中，它的夏季泻湖，它的山坡及连成一片的高地；面朝西部的天空及晚霞的长虹，是连绵不断、波浪起伏、庄严沉静的沙丘。

当浓雾从海上厚厚的黑云层下弥漫过来时，我的夜晚是最黑暗的。这种夜晚很少，但通常在夏初，当雾霭在岸边聚集时才会出现；上周三的夜晚是我所见过的最黑的一个夜晚。在晚10点至凌晨2点之间，有三艘船在外海滩搁浅——一艘捕鱼船，一艘四桅斯库纳纵帆船，一艘拖网渔船。捕鱼船及斯库纳纵帆船已经被拖离海滩，但据说，拖网渔船还在岸边。

那天夜里，我在10点钟过后走向海滩。那是一个漆黑的夜晚，雾霭蒙蒙，细雨绵绵，根本看不见诺塞特瞭望塔闪烁的灯光；大海只是一种声音，而当我来到海浪边时，沙丘已经消失在身后。我只身站在蒙蒙的细雨及茫茫的夜色之中，仿佛立足于太空中的星际之间。大海波涛汹涌,海浪咆哮不停,当我打开手电筒时,那束圆锥体的光划破了黑暗,我看到了浪头将绿色的海草一卷卷地冲上来,在静止的、人为的灯光下,湿淋淋地泛着光。远处,一艘孤零零的船沿着浅滩在吃力地行进。湿润的浓雾弥漫过来,如同某种奇特轻飘、流动的细丝在手电筒的镜头前旋转。埃芬·乔克——新来的海岸警卫队员——在北上的巡逻途中从我身边走过。他告诉我在小客栈得到了停在卡洪的那条斯库纳纵帆船的消息。

夜仍是一片漆黑,黑得伸手不见五指。可是,我想这种漆黑是罕见的,或许,在大自然中是前所未有的。与此最接近的自然现象大概就是掩埋在夜色与乌云中森林的黑影了。尽管夜很黑,但在星球表面仍有光亮。站在倾斜的海滩上,脚边翻动着海浪,可见无穷无尽狂野的白浪花冲上岸,沿岸滑动,再退回海中。诺塞特警卫站的人告诉我,在这样的夜晚,他们就是随着这种依稀可见、缓缓移动的白色行走,靠习惯及直觉抵达小客栈的。

小动物借着星光来到海滩。在沙丘北部的麝香鼠放弃了悬崖,来到漂流物及杂草中觅食,在海滩留下杂乱的脚印及8字形的痕迹,但在白天来临时,这些痕迹又悄然地消失了;小一点的动物——老鼠、偶尔出现的沙色的小蛤蟆、穴居的鼹鼠——都出没于上海滩,并在悬垂的岩壁上留下它们细小的足迹。秋季的臭鼬鼠苦于食物的欠缺,常在夜晚早早地来到海滩上四处觅食。这种动物喜欢吃洁净的东西,对不洁之物不屑一顾。一天夜里,当我北上去见诺塞特第一个南下巡逻的警卫队员时,差一点踩着一只臭鼬鼠。当时我走得急,那家伙从我脚下急速地爬向海滩;它肯定是受了惊吓,却颇有节制,并不慌乱。鹿也时常出现,尤其是在瞭望塔的北边。我在夏季的沙丘上见过它们的足迹。

多年之前,在诺塞特北部的这片海滩宿营时,我在黎明时分沿着悬崖顶散步。尽管那条小径紧贴着悬崖边,但下面的海滩却常常隐而不露,而我从高处则能直接平视海上的日出。不久,当小路接近崖边的转弯处时,在下面的海滩,在凉爽湿润、洋溢着玫瑰色的黎明中,我看到三只鹿在玩耍。它们欢闹着,踢着后腿,急速跑开,再重聚于一处,玩得十分开心。就在日出前,它们一路小跑奔向北部,经海滩到悬崖上的一片洼地,然后,又消失于一条上山的小路。

偶尔,海上的动物也在夜间来到岸边。那些海岸警卫队员,在某个夜深人静的夜晚独自在沙滩上艰难跋涉时,曾受到海豹的惊吓。有个警卫队员绊倒在一只海豹的背上,而它则从他脚下抽身,逃向大海,发出了"介于尖叫与吼叫之间"的声音。我本人也曾受到惊吓。太阳已经落山很久了,光线昏暗不明,当时我正在上海滩上,沿着伸向落潮的斜坡往家走。当走到离"水手舱"还有一多半路时,黑暗之中,突然有个意料之外的庞然大物在我的光脚下蠕动,令人恐惧。我踩着了一条刚被浪头打上岸来的鳐鱼,我沉重的身躯惊扰了它,使它瞬间恢复了活力。

面向北方,诺塞特的灯塔成为沙丘夜色的一部分。当我走向灯塔时,看到那塔上的灯时而像一颗明亮的星,有规则地一闪一灭,三次一轮;时而,如同一束闪烁摇动的白光,悬在沙丘圆顶的后面。环境的变化影响着灯光的变化；那光时而是白色，时而是金色，时而是金红色；光的形态也在不停地变化着，由一颗星变成一片，再由一片耀眼的光变成一束圆锥体的光，掠过周围的迷雾。在诺塞特灯塔的西边，我常看到海兰灯塔那神圣的灯光，那灯光不仅映在云层上，甚至映在星光闪烁、湿蒙蒙的空中。望着海兰的灯光，我不禁想起当乔治·史密斯和玛丽·史密斯在海兰灯塔时，我有幸前往做客，与他们共度的那些美好的时光。我在屋檐下无法入睡，而是静卧在那里，望着窗外海兰灯光巨大的轮辐，望着那个如同行星系中的一员在庄严转动着的灯光。

近海过往船只的灯光整夜闪烁不停，闪绿光的船往南，闪红光的船向北。斯库纳渔船及比目鱼拖船停泊在两三英里之外，船桅上有明亮的停泊灯，不停地燃烧着。我看见上述船只在黄昏时停泊，却很少见它们起航，因为它们都是在黎明时分离开。夜间忙碌时，这些渔船的甲板上被一盏盏油灯照得通明。从岸上望去，人们会以为这些船着火了。我曾用夜间望远镜看过此景。看不到浓烟，只见摇曳的灯光，映红了船帆、缆索以及周边，还有那茫茫夜色与无边的海洋。

一个七月的夜晚，当我凌晨3点从北边的探险中返回时，整个夜空，在奇妙闪亮的瞬间，变成了如梦似幻的白昼。一颗巨大的流星，我生平见过的最大的流星，在西边的天顶燃烧，散发出灿烂的光艳。一时间，海滩、沙丘与海洋都显现出来，没有阴影，也没有动静，那是一幅原本颤动却陡然静止的风景，一幅梦幻中的风景。

夜间的海滩有其独特的声音，一种与其精神及心绪和谐一致的声音——永不停息的细细的流沙声；波澜壮阔、富有节奏的海涛声；还有一种鸟的鸣叫声，像盏盏明灯悬在夜空中的永恒的群星。初夏，当我独自漫步于海滩时，我的到来将一只鸟从它的鸟巢中惊起，它慌忙飞离，不见踪影，只能听到那悦耳哀怨的鸣声。我所描述的鸟是笛鸻（Charadrius melodus），有时也被称作滨鸻或哀鸻。它的鸣声中带有一种笛声，在我看来，是北大西洋的海鸟中最优美的鸣声。

既然夏天已经到来，我便常常在海滩上用篝火做晚饭。眼前白黄色的漂流木噼噼啪啪地燃烧着，那一堆木条、破烂的木板及棍棒在熊熊燃烧的烟火中朦朦胧胧。篝火后面的大海已经被夜幕笼罩，只能听到浪潮震耳欲聋的隆隆吼声，只有当海浪落下时，涛声才渐渐减弱。篝火照亮了身后沙崖的沙壁以及沙崖边际的杂草、草根与残骸碎片；风呼啸着飞过沙崖，滨鹬越过篝火飞向大海。还有满目的群星，在南边低垂的夜幕上，高悬着天蝎座，环绕在他[1]脚下的是闪闪发光的木星。

我们要学会尊敬夜晚并驱除对夜晚那种莫名其妙的恐惧，因为，如果人类排斥夜晚的经历，随之而失去的是一种神圣的情感，一种诗意般的意境，而这种经历使得人类精神之旅得以扩展升华。白天，宇宙是属于地球与人类的——是人类的太阳在照耀，是人类的云彩在飘动；黑夜，宇宙不再属于人类。当地球放弃了白日，转向宇宙的夜空时，便为人的心灵打开了一扇新门。

---

1 此处原文用的是表男性的"他的"（his），故保留原文的意思。

当人们眺望夜空时，不为其神秘而打动的庸俗之人寥寥无几。在夜晚的一瞬间，我们看到了我们自己及我们的世界散布于群星之中，这是人类超越时空的永恒的朝圣。尽管这种旅行是短暂的，但在此期间，人的心灵在充满激情与尊贵的真诚瞬间得以升华，而诗意随之在人的心灵与经历中产生。

二

夏季的某些时辰，往往是接近月盈，高潮来临时，沿海滩的浪潮会由月光下翻腾的空荡的潮水，转变成充斥着恐慌生命的潮水。被一群群大鱼追逐着，众多的小鱼涌入滚滚的海浪，要吃掉它们的大鱼紧随其后，海浪将两者统统卷起，把它们折腾得晕头转向、遍体鳞伤，然后，抛上岸来。

在移动的月光下，海滩边沸腾的海域中波浪起伏，随之浮动的是原始的残暴与求生的欲望；然而，除了涛声之外，这又是一场大鱼吃小鱼的无声搏斗。让我来陈述一下这样一个夜晚。

我在岸边与友人消磨了一个下午，晚9点过后，他们开车将我送到诺塞特警卫站。离满月还有两天的月亮格外迷人，月光洒在荒地、河道、浅滩及泻湖中绿色的岛屿上；温和的南风轻轻拂面。在自身强大节律的推动下，那天夜里的海浪层层叠叠，波澜壮阔，只有最后一道浪打在海滩上。这道海浪泛着沉闷的泡沫，卷着弹回的泥沙滚滚而来，沸腾的海水蜂拥向前，在重重地拍打在海滩上那一刹那，消失在那永远也解不了饥渴的沙子中。当我接近海浪边,开始向南行走时,极目远眺,可见月光下海浪拍打着的海滩上,跳动着无数条小鱼,奇妙无比。打向海滩的海浪将它们倾泻到沙滩上;海浪中充斥着小生灵;此刻,那海浪确实成为满载生命的浪涛。而这种载着生命的浪涛冲击着科德角海岸,长达数英里。

它们是小鲱鱼,还是小鲭鱼或沙鳗?我从海滩的滑坡上捡起一条舞动的小鱼,举在月光下观看。它是一条常见的沙鳗,或名玉筋鱼(*Ammodytes americanus*),生活在哈特勒斯与拉布拉多之间的水域。此类鱼与纯种鳗鱼毫无干系,尽管从表面上看来,它有点像鳗鱼,因为它的身体圆而细长。不过,不同于鳗鱼那光秃秃的尾部,这种"鳗"有一条分叉的大鱼尾。卷进海浪中的这种鱼有两三英寸长。

当天夜里,我赤脚踩着海滩边的浪花向家走去,一路观看那闪烁跳跃的舞蹈,时而感到小鱼从我脚趾上翻过的蠕动。不久,我的注意力被吸引到浅浅的浪花边际。在前方大约十英尺处,滑动的碎浪将一条大角鲨鱼带上了海滩;它顺从地随着海浪来回摆动;海浪退下,渗入沙中,两次将角鲨鱼送向大海;它艰难地扭动着身躯,而后,又一个小浪再次把它送上岸。那条鱼长约三英尺,是条纯种的小鲨鱼,在渐明的月光下呈黑紫色——因为,月亮正沿着海浪的轴线向西移动——周围的小鱼跳跃着,粼光闪闪,使得它那庞然大物般的黑色鱼身显得怪异。

就在此时,我开始仔细地观察波涛汹涌的海面。宽阔的海面是吃小鱼的大鱼聚集的地方。大鱼把"鳗"驱赶到岸边,到了它们世界的边缘而进入我们的世界。海浪中充满了活蹦乱跳的角鲨鱼,充满了激流,充满了冷酷的欲望及它们残忍的厮杀与暴行。可是,在水面上却很少看到上述迹象——只是偶尔会有一只鱼翅划过水面,有时,向水中一瞥,深埋在海浪明亮的漩涡中的鱼就像镶嵌在琥珀中的苍蝇。

远远望去,角鲨鱼此时正随着海浪起伏,不久,便会上岸。当我走过下面半英里的路程时,看到每一道拍岸的海浪似乎都在退却时留下一条受伤搁浅的角鲨鱼,无力地用鱼尾划着水。我不惜弄伤自己的脚趾,将许多鱼踢回海里;还提着一些鱼的鱼尾,把它们扔回大海。因为,我不想让它们在海滩上腐烂。次日清晨,我数了一下,在"水手舱"与诺塞特警卫站之间的近两英里的上海滩上,共有七十一条死角鲨鱼。还有一二十条鳐鱼——鳐鱼实际上是一种鲨鱼——它们也是在同一个夜晚搁浅的。鳐鱼追随着许多鱼游,所以,总是被抛在沙滩上。

那天夜里我在"水手舱"深夜未眠,时常放下手中的书,回到海滩上观望。

11点刚过,比尔·埃尔德雷奇就来到我的门前,满脸笑容,一只手藏在背后。"你订了明天的正餐吗?"他说。"没有。""噢,在这儿,"比尔从身后拿出一条上好的鳕鱼,"就在你门前发现的,活蹦乱跳的。没错,黑线鳕及鳕鱼经常与一些大鱼一起追着沙鳗过来;在这个时节,人们时常在海滩上发现它们。有地方放它吗?给我一条绳,我把它挂在你的晾衣绳上。它会在那儿待得挺好。"用两根灵活的叉开的手指,比尔将绳穿过鱼鳃,那条大鱼在他手中噗噗地甩动着。不用担心它会死掉。可以做一锅美味的杂烩了。比尔走到屋外,我听到他在晾衣绳那儿停下。之后，我们聊了一会儿天，然后，他重新背上他的闹钟及卡斯顿信号弹盒，吹着口哨唤来他那只小黑狗，拿起他的水手帽，越过沙丘，走向海滩及诺塞特警卫站。

六月的有些夜晚，在海浪及海滩上会出现磷火，我想，自己看到磷火的这样一个夜晚将作为一年里最奇妙美好的夜晚而永驻心中。

今年六月初，中海滩形成了一道沙堤，在它与沙丘之间是那些在高潮时大海溢出的长而浅的水道。我描述的那个夜晚，上弦月的月亮挂在西边的夜空，月色洒在潮水漫过沙堤的涓涓细流上，粼光闪闪，美妙动人。日落黄昏后，我与下午曾与我相聚的朋友一起走向诺塞特警卫站；大海还在涨潮，水流注入池塘。我与朋友们在警卫站一直待到最后一抹晚霞消失，待大地上那束曾经由月光与粉红的晚霞交织的光变成清冷纯净的月光。

然后，我转向南行，因为警卫站附近的小河都涨满了海水，我无法通过，而只得走它们内陆的河岸。海潮大概已经回落了半英尺，可是海浪依然像冲撞着一道墙似的冲上沙堤，那些大浪在渐渐退去时溢出一片片白沫。

月渐西移，天色越来越暗。西边的沙丘顶上还有光，在下海滩及海浪上的光也依稀可见；沙丘上蒙着一层和谐的薄暮。

池塘中的潮水已经回落，池塘边又湿又黑。在池塘宁静的水面与沸腾的大海之间有着一种奇特的反差。我紧靠着泻湖的边际走，而当我行进时，靴子踢起的湿沙粒在眼前飞溅，就像踢起的飞雪一样。每溅出的一小粒都是磷火的一个小火星；于是我便走在一团火星之中。而我身后的脚印则留下斑斑点点闪烁的光。随着月光及潮水的衰退，越来越暗的池塘边形成了慢慢燃烧的湿火。这星星之火慢慢地燃烧，熄灭，再燃起，十分怪异，似乎有股风不时地吹过，而它们正是随着风的喘息而燃烧和熄灭。偶尔，闪着磷火的层层海浪会从灰暗的大海中席卷而来——成为排山倒海的一个巨浪，一种乳白色的光——然后，拍打在沙堤上，抛洒出闪烁着火星的白浪花。

在这种有闪光的浪潮的时期，发生了一件奇怪的事情。磷火原本是一团生命，有时它源于原生动物，有时则源于细菌。而我所描述的磷火大概属于后者。一旦这种有生命的光渗进海滩，它的群体就会迅速侵入总是在这片海边跳跃的不计其数的沙蚤的组织中。在一小时之内，这一群群片脚动物灰色的身体，这些有用的、总是吃不饱的大海清道夫（*Orchestia agilis*；*Talorchestia megalopthalma*）便会闪现出磷火的小光点。这些小光点逐渐增多，最终结为一体，使这种生物全身都成为闪光体。其实，这是一种疾病的感染，一种光的传染。在我描述的那个夜晚，当我来到海滩时，感染期已经开始了，于是我脚前跳跃的那些发光的跳蚤就成为一种独特的景色。我好奇地看着它们从池塘边跳到上海滩，在宁静的月光下变白。月光下，内陆那些绿水荡漾的池塘有一种奇妙的美丽。依我看，这种感染会置它们于死地；至少，我常常在海滩边上发现死去的大跳蚤，它那闪光的眼睛和水灰色的身体是一团火的核心。在它的周围，是那些把它置之度外的成千上万的同类，它们延续着生命，履行着生命的安排，在海潮的慷慨馈赠之中寻求温饱。

三

　　整个冬季，我都睡在大屋的长沙发上，可是随着天气渐暖，我把卧室准备就绪——在寒冷的季节，我将卧室作为贮藏间来使用——又回到我那张生锈的旧铁床上就寝。但是偶尔，出于一时的心血来潮，我会卷起铺盖，在长沙发上铺床，睡上几夜。我喜欢大屋的七个窗户，以及那里的几近生活在户外的感觉。我的长沙发与两个前窗并排，而我靠在枕头上便可看到大海，观望过往流动的光，海上升起的繁星，停泊渔船摇曳的灯光，还有溢出的白色浪花，并听着悠长的浪涛声在宁静的沙丘间回荡。

　　自从我来至此地，就想看看这片荒凉海岸上的风暴。一场风暴在科德角就是"暴风雨"。这个词引自莎士比亚的戏剧，含义包括电闪雷鸣，在伊斯特姆，这个词的用法正好与古老优雅的伊丽莎白时代相吻合。当奥尔良或韦尔弗特高地的学童读莎士比亚这部戏剧时，他们所理解的剧名，完全与斯特拉福[1]那个人所理解的一样。然而，在美国的其他地方，此语似乎可以理解为任何从飓风到暴风雪之类的天气现象。我以为，此语这种古老意味现在只能在英国的某些地方和科德角寻到。

　　六月那场暴风雨来临时，我正在大屋里睡觉，窗户全开着，第一声闷雷惊醒了我。当我上床睡觉时，还是风平浪静，可是此时一股强劲的西北风持续地从窗外刮进来，而当我关窗时，西面

1　英国沃里克郡埃文河畔的小镇，莎士比亚的故乡。

及远处已经开始闪电。我看了看手表,刚过1点。接下来是茫茫暗夜中的等待,漫长的寂静被越来越频繁的雷声打破,在间歇的宁静之中,我听到了轻轻的海浪打在海滩上的微弱的声音。陡然间,天空被一道巨大的粉红与蓝紫色相间的闪电撕裂。我那七个窗户充满了那种蓝紫色的自然之光,同时,我也看到了那些宏伟孤寂的沙丘在耀眼的光下那空旷熟悉的阴影。又是一声巨响,伴随着闪电离去,回荡在天地间隆隆的雷声也渐渐远去,一阵漆黑重返大地。片刻之后,雨轻轻地落下,仿佛有人打开了它的闸门。那是一种打在木屋顶上的美妙的声音,那种我从儿时就喜爱的声音。轻柔的"啪嗒啪嗒"的细雨,继而变成急促的、鼓点般的暴雨,聚集的雨水顺着屋檐哗哗流下。暴风雨正在横扫科德角,在它通往海空的路程中,涤荡着这片古老的土地。

一道道刺眼的闪电穿过哗哗的暴雨,沉闷的雷声隆隆作响,那巨大的回音震得天摇地动。那天夜里,伊斯特姆村庄的房屋遭到了雷击。我那片孤寂的天地,雷雨交加,显得陌生怪异。我并不惧怕通常的电闪雷鸣,但是,在我独居海滩的一年中,那天夜晚,我第一次,也是最后一次感到了与人类远隔分离、孤独无助的无奈。我记得自己起身,站在房中观望。透过窗外朦朦胧胧的雨幕,在广漠的湿地上,雷电闪现在弯弯曲曲的河面上,留下短暂的一道冷亮的光,那景色显得格外怪异。在雷电的狂暴之中,宏伟的沙丘却有了某种消极被动的性质,那些泥土之躯安如磐石。我看着沙丘在茫茫暗夜中时隐时现,心中涌起一种从未有过的感觉,那种远古的时光感。自从这些沙丘从它们脚下阴暗的大海中升起之后,便将自己交付于大自然的风吹日晒,见证了无数个周而复始的岁岁年年。

　　海上也有一些奇妙的景色。受到雷雨的袭击，同时又受到科德角自身的庇护，免遭西风的狂吹，大海的边际显得格外平静。海潮涌向海滩的中部，渐渐上涨，一排排长长的海浪，在靠近岸边的地方形成，翻卷着，平稳地拍打在那孤寂、被雨水浸透的海滩上。伴随着强烈的电闪雷鸣，地动山摇的风暴滚滚涌向大海，照亮了海滩和北大西洋的海面，那些起伏的小海浪，卷起的浪尖遮住了光线，其效果是出奇的美丽。因为，此时你看到的是一个加了一圈一圈黑边的明亮的大海，当海浪一波一波泛着白沫冲向海滩时，每一道海浪都又重返那闪光的大海之中。

　　风暴过后，星星闪现在夜空。当我在日出前醒来时，发现雨过天晴，清新宜人。土星与蝎子座在沉落，但木星正悬挂在天顶，在它的星座上渐渐变白。湿地上的那些河道里潮水已经回落；鲜有海鸥扰乱它们那卵石铺就的堤岸。当我漫步于四周时，突然惊起了一只巢中的歌雀。它飞向我的房顶，攫住了主梁，然后，转过身，投来担忧探询的目光……发出了"唻噗"的警告。随后，它向自己的小巢飞去，落在一片梅林之中，终于放心地用颤音唱出一支晨曲。

第九章

年之高潮

一

假若这本书有更大篇幅的话,我就会专为嗅觉写上整整一章。因为在我的一生中,对嗅觉情有独钟。依我看,我们的生活过于依赖于视觉。我喜爱美妙的气味——一场春雨过后,新耕农田的气味,我们科德角野石竹那种丁香似的芬芳,清晨宛若雨点般的丁香花含着露水的清香,以及夏日的晚风从草地上带来的那种热乎乎的盐草和退潮的气味。

生活在现代文明中的人所呼吸的是何等的臭气,而我们又是怎样学会来忍受污浊的空气？在17世纪，一座城市上空的空气肯定就像飘浮在一个大村庄上的空气一样；如今只有被重新组合的现代人才能忍受城市的空气。

我们英语的整个文化传统是忽视嗅觉的。在英语中，鼻子依然是某种粗俗的器官，我也不确定它是否被认为有感官体验的功能。我们的文学及诗歌的风景总是悬挂在心灵的墙壁上，是供眼睛观赏的。法语的词语则更偏爱嗅觉；你读上十行法语诗，便很难不遇到那个无所不在、必然出现的"Parfum"[1]。法国人的这种做法是对的。因为，尽管眼睛是人类感官的主宰和心灵之窗，可是一种心境的产生或世间某种诗情的涌动却是一种可以激起其他感官的过程。在人脑所有能够激起感觉兴趣的器官中，没有哪一种比嗅觉的吸引力更强大，更广泛。它是一种每个热爱自然世界的人都应当使用并喜欢使用的器官。我们应当让所有的器官都敏感而充满活力。假若我们这样做的话，就绝不会建立一种侵害我们感官的文明。这种文明实际上将我们的感官侵害至深，成为恶性循环，从而导致我们原本迟钝的感官更为迟钝。

我喜爱这片大海滩的原因之一是居住在此地，我便生活在一个充满了自然气息的世界之中，各种独特强烈的气味和沁人心脾的芳香弥漫于我的周围。在热天，当一场闷雨下得天黑地暗时，这种自然的气息便尤为浓郁。我对这些气味了如指掌，即便被蒙上眼睛，带着在夏日的海滩上行走，仅凭嗅觉我便能说出任意停下之处是在什么位置。在大海的边际，空气总是十分清爽——甚

1　此处法语意为："芳香"。

至偏凉——潮起潮落激起的浪花与水沫形成的雾霭，海浪下的湿沙滩散发的那种海滩与大海组合成的清新宜人的气味，以及由大海深处涌过来的滚滚浪涛所带来的美妙的空气。当风几乎是直吹向海滩，但又时而转向沙丘时而转向大海时，在这片大海的边际漫步是一种独特的经历。先走二十英尺，热乎乎的湿润的沙滩散发出的湿热气体环绕着你。从这里，再起步，你仿佛踏入了一扇大门，走进了九月中旬的海滩。一时间，你便从中美洲而进入了缅因州。

在夏季沙堤后边八英尺宽的上方，从低潮线的边际向内陆延伸约四十英尺的潮间带，还有别的气味在等待着你。海潮在这里播下一片云雾蒙蒙的台地，上面布满了一缕缕、一团团的海洋植物——普通的海藻、橄榄绿色的岩藻、黄褐色的岩藻、石莼皱巴巴的绿叶、可食用的紫红色的红藻和泛白的海苔，以及长达七八英尺长、拖泥带水的海带。在炎热的正午，这些植物渐渐地萎缩变皱——因为它们的生存完全依赖于水——在闷热的空气中散发着一种海洋植物的气味。我喜欢这种自然的味道。有时，一条被海浪冲上岸来而困死的鱼，或许是一条死鳐鱼，在酷热中缩成一团，在这种植物的气味中添加了一点鱼的腥臭味，不过这种味不是我们习以为常的腐臭，况且，海滩的清道夫很快就会把它清除掉。

顺着沙堤及海潮形成的水道再往里，是那片我称为上海滩的平地，它一直延伸到无遮无掩的沙丘。夏季，海潮很少覆盖这部分海滩，于是这里便散发着一种热乎乎的、宜人的沙味。我在一块从沙丘中倾斜出来的残骸下遮阳，用手捧起一把闪光的干沙,让沙子从我的指缝中慢慢筛落,感到了炎热是如何把沙子中那股鲜明美妙的青石味释放出来的。这里也有海藻,深埋在干沙里——那是上个月的满月高潮时留下的残缺碎片。在直射的耀眼阳光下,海藻顶端的复叶及心形的气囊已成为奇特的金橘色和暗黄褐色。在沙子和炎热所主宰的世界里,这种海藻叶的芳香已经散去;只有一场骤雨才能重新使这些干脆、色泽怪异的叶子散发出芳香。

东海面清爽的气息,阳光下海滩的芳香,细沙散发出的沁人的气味——这一切便是仲夏海滩上的风味之组合。

二

在我那没有树木、视野开阔的世界里,这一年正处于它的高潮。一连四五天,西南风持续不懈,整天整夜地吹过科德角,如同一条天河从上空流过。从岁月的圣坛上走下来的太阳,礼节性地在夏季的门槛上停步,那一团红红的火焰热情奔放。在炎热的夏日,海滩因酷热而颤动,因风吹而弯向海面;蓝色的雾霭笼罩着内陆上的荒原,大湿地失去了原来风景如画的个性,而成为朦朦胧胧的一片整体。沙丘一带的天气比村庄的天气更热,因为裸露的沙砾反射热量。沙丘的夜晚则总是要凉爽一些。在阳光照耀下的沙丘之上,在湿地吹来的微风与海洋送来的凉爽之间,"水手舱"宛若大海中的航船,舒适宜人。

沙地的空气中散发着沙子、海洋与太阳的气味。在山丘顶上，青草碧绿，这是草木长得最旺盛的时节。淡淡的、黄绿色的新草芽，从去年枯萎的败叶中长出来，毛茸茸的一片。有一些草叶的顶端已经显露出橘黄色的小斑点，叶子两边也开始出现细细的皱纹。盐草地的草正是收获的时节；在夏日绿色的平原上，显示出一片片褐色与绿黄色的草地。沙丘一带，在草与蔓缠绕的地方，沙子是静止不动的；在裸露之处，沙子则好像被太阳拴住了腿脚。当连续一周以上没有雨水，而强烈的阳光又一直斜晒在沙滩上时，从"水手舱"南下的那条沙丘小路上的沙子就会变得又干、又松、又深，我行走在上面如同艰难地走过雪地。

冬日的大海是一面镜子，置于一间寒冷而若明若暗的房间；夏日的大海则是另一面镜子，置于一间阳光炽热如火的房间。夏日的阳光是如此地充沛，大海这面镜子是如此地庞大，整个夏日的流光溢彩都反射在镜面上。色彩聚集在这里，黎明与拂晓、乌云与白云、灰白色的雨幕，以及光彩夺目、万里无云的碧空。阳光穿过海面，些许暖意随着光悄悄地溜进来，然而，在阳光下闪烁着的海浪依然透着刺骨的寒意。

现在，昆虫倒是从大地上承袭了一些暖意。烈日当头，当徐风懒洋洋地从湿地吹来时，沙丘的温度堪称热带气候。各种活跃的昆虫使得沙丘为之颤动。在这种日子里，"绿头蝇"（*Tabanus costalis*）肆无忌惮，嗡嗡地叫个不停；沙蚊，或名"看不见的敌人"[1]，密密麻麻地聚集在房子那面阳光普照的南墙上；"熨斗

---

[1] 由于此类蚊子特别小，一般很难留意，人只有被叮到才有刺疼感，故称之为"看不见的敌人"。

蝇"及一些叫不上名来的小昆虫蜂拥而上,伺机袭击。在大海的边缘,你必须待在室内或采取谨慎的防护。幸亏风多、凉爽,还有浪花,在下海滩通常能免遭蚊虫的叮咬,但在八月中旬却是虻最活跃的时期,这恶毒的家伙横行霸道,是最令人厌恶之物。至今,我只遭受了这种热带昆虫的两次来访。只要能阻止绿头蝇的进入,沙丘就会像遥远的海滩上任意一片区域一样适合于居住。此外,风也使我免受蚊子的困扰。

蚂蚁出现了,上海滩到处是它们的洞丘;我观看着这些红褐色的小生物在掩埋的杂草中进进出出。就在每一处小洞的外面,细细的沙子由于小蚂蚁无休止的来来往往而轻微地蠕动着。整个上海滩实际上已成为充满了小生命的活动场所;到处是暗道、入口及穴窝。六月间很小的沙蝗虫已经长得很大,而且开始叫了。

有时,沙丘到处都飞舞着各种各样的蝴蝶,它们是在路途中被西风吹向海边的。当我在沙丘上寻找流木或沿着草地上的车辙行走时,可见蟋蟀急匆匆地跑进草丛。

在沙丘那靠近细草的开阔地带,我发现了沙蜘蛛那手指般粗的深深的洞。一英尺之下,在凉爽的沙子中,居住着黑色的雌蜘蛛;将它挖出来,你看到的是一个毛茸茸的、缩成一团的蜘蛛。夏季,雌蜘蛛不离开它的窝穴,但是在初秋,它开始重游世界,急促地爬行在沙丘的草地上,它那飞速移动的黑身影狰狞可畏。身材略小、沙黄色的雄蜘蛛处处可见。一天夜里,我曾看到一只雄蜘蛛在朦胧的月色下,沿着海滩爬行,开始我竟误将它看成了一只小螃蟹。当天夜里的晚些时候,我在海浪边发现了一只沙黄色的、极小的沙蛤蟆,我琢磨着它来到这里是否为了饱餐一顿沙跳蚤。

"六月虫"（*Lachnosterna arcuta*）飞向我的纱窗，发出可怕的嗡鸣，并滞留在那里，继续嗡嗡地叫着，令人生畏；假若我一开门，就会有五六只虫子撞向我的台灯，并晕头转向地跌落在桌布上。在耸起的沙坡上，孤寂的黑黄蜂为自己挖出一个洞穴；在我走的路上，可见大蜻蜓飞过的影子。

此地蔓生的海滨山黧豆正逢花季；西风吹过草地，在海面上荡出层层涟漪；闷热的云朵静静地悬挂在地平线上，云朵的下端消失在一片雾霭之中；阳光在流溢，岁月在燃烧。

三

我在此书的另一章节中谈到在四五月间，此地的鸟类活动逐渐消失的情况。一年之中，有一段时间似乎银鸥是唯一留下来与我相伴的鸟类，而且许多这种银鸥都是幼鸟或者是那些羽毛正在由幼鸟的褐色向成鸟的银灰色转变的鸟。五月下旬的一个阴凉的早晨，我醒来后，发现在"水手舱"前面的海滩上聚集着成群的这种银鸥，因为夜间一些鳕鱼被冲上海滩，银鸥发现了它们，前来捕食。一些银鸥在吃刚被冲上岸的鱼。发现食物者就是食物的占有者——我看到一些银鸥为了保护自己的食物，拍打着翅膀，发出恶意的鸣叫，来阻止后来者和潜在的抢食者——另一些银鸥则在海滩顶上，站成长长的一排，面对大海。成鸟的羽毛都是白褐色的；有的是白垩色间杂着褐色，有的像母鸡一样带有斑点，还有一些则是银灰色掺杂着褐斑，堪称稀物。银鸥换羽是件复杂的事情。有春季换羽、秋季换羽、部分换羽以及第二次交配期换羽。到了第三年或更年长一些，似乎银鸥才会长全交配期的羽毛，披挂上成鸟的盛装。

在仲夏一个明媚的早晨，当我一觉醒来时，听到的第一种声音便是夏季的大海涌向海滩的那种周而复始的涛声；接下来听到的是头顶上方屋顶上"啪嗒啪嗒"的小脚丫的声响以及歌雀朴实无华、欢快振奋的歌声。这些歌雀是沙丘上的鸣禽。我整天都能听到它们的歌声，因为在沙丘向海的斜坡上那片报春花的草丛里就栖息着一对歌雀。我建起的"水手舱"给它们提供了一个歇息的场所，一个观望世界的平台。它们栖在"水手舱"的主梁上，放开歌喉，纵情歌唱；那歌声经久不息，令人钦佩。这种鸟实际上只唱两种歌。一种是婚礼抒情曲，另一种是家庭咏叹调；在筑巢和产蛋期，它唱第一种歌，而在秋季蜜月结束，回到平静的生活中时，则唱第二种歌。今年发生的陡然变化令我吃惊。7月1日下午我听到歌雀在屋顶上唱第一种曲调；可是到了7月2日早上它们已经开始唱第二种曲调。两种曲调很相似，即在音乐的"形式"上它们彼此相像。但是第一种比第二种带有更多的颤音。

推开我的房门，面对着沙丘、清晨的大海以及空寂的海滩和上面那些海岸警卫队巡逻的小路，我发现我的房子正在受到燕子的围攻——它们正在啄吃那些在木瓦上过夜、反应迟钝的苍蝇，这些苍蝇刚缓过劲儿来——举目望去，横亘沙丘南北，到处是燕子。草地在晨曦下闪着光，倾斜的阳光衬托出茁壮的草茎，姿态优美的燕子紧贴着青草上方滑行。这些鸟中多数为崖沙燕

(*Riparia riparia*)，但我也常看到家燕（*Hirundo erythrogastra*）和双色树燕（*Iridoprocne bicolor*）散落其中。刚过7点钟，这些燕子就离去了。尽管白天也有离群的鸟来觅食，但是，燕子成群结队地飞来却只发生在早晨。崖沙燕（此鸟腹部呈白色，胸部有一条暗纹带）在诺塞特警卫站北部那道河堤底部的地层中筑巢；家燕则居住在内陆离农家很近的地方。有人说崖沙燕在沙丘中筑巢，但我从未在这些流沙中发现它们的窝。不过，不管怎么说，没准燕子也能在沙丘中筑巢。我曾多次为动物将流沙当作普通泥土来使用的行为感到吃惊。不久前，在大沙丘顶上，我发现鼹鼠在流沙表面挖了一个六七英尺长的通道。

此地被叫作鲭鱼鸥的普通燕鸥（*Sterna hirundo*）在夏季占据着海滩。三四千只此类鸟在这个地区安营扎寨；沙丘上有它们的窝，靠近奥尔良那些沼泽岛上多碎石的区域也有它们的群落。整天我看着它们在我的窗前飞来飞去，时而顺风而行，时而逆风而上；日出前，我看着它们沿海浪飞行，雪白的鸟在东方微微泛红的天空上飞翔，而宁静湛蓝的大海，依然笼罩在夜色之中；薄暮中，我看着它们像精灵似的飞过。有些日子，过往的鸟群庞大众多，我整日都生活在它们翅膀的阴影下及它们发出的喧闹声中。

普通燕鸥——也有人称它为威尔逊[1]燕鸥——的确是一种可爱的鸟。其主色是淡灰与白色，羽翼弯弯，身长十三至十六英寸，头顶有一个显著的黑色羽冠，鸟嘴呈橘红色，嘴尖是黑色，

---

1 亚历山大·威尔逊（Alexander Wilson，1766—1813），美国鸟类学家，著有篇幅浩大的《美洲鸟类学》。

腿和脚是艳丽的橘红色。在我听来，此鸟的叫声颇像乌鸦的叫声；这的确是一种乌鸦似的尖叫，带着一种"哎"声及高音。尽管有些刺耳，但并非令人厌恶；况且，它还具有一种富有激情的宽阔音域。前几天，当我沿着沙丘向南走时，在一处驻足观望。一对从大海返回家园的燕鸥正在飞越沙坝，当它们看到自己的配偶和幼子时，那叫声便有了质的变化，那里面有了一种激昂狂野的爱意，听来令人感动。

上周一的上午，当我坐在西窗前写作时，听到一只燕鸥发出了一声怪叫。向外张望，我抬头看到一只燕鸥正在侵扰一只雌沼泽鹰，我早已听说后者常常飞到沙丘来。海鸟交战时的叫声我听起来很新鲜。"呵——呵——呵——噢！"他大叫着；在这种刺耳粗硬的喊叫中，含着警告、威胁和愤怒。那只大鸟，像铺开纸似的抖动着她的翅膀——当这种鹰低飞时，有时竟然像蝴蝶般地翩然——并未做回应，而是缓缓向地面沉落，伸展开翅膀，在我房后四十英尺处的一个布满贝壳的沙坑里停了足有半分多钟。就这样一动不动地栖息在那里，她简直如同一座心甘情愿的地标。那只一路不停喊叫、将敌人追到沙坑里的燕鸥，再度飞起，然后如同扑向一条鱼似的扑向那只雌鹰。鹰依然不动声色，静静地栖在那里。这真是一幕别开生面的场景。燕鸥在鹰的上方重整旗鼓，随即又扶摇直上，并再度俯冲。在他第三次俯冲时，鹰起身向前低低地飞过沙坑。随后，这场战斗又转移到沙丘，我最后看到的战况是鹰放弃了沙丘，远远地飞向南方的湿地，从而摆脱了追踪。

看着这只鹰在夏日强烈的阳光下蹲坐在沙地上，灰色的海鸟愤怒地攻击着她，我不由得想起古埃及人对那些动物及鸟类的表述。因为这只在沙坑中的鹰就是埃及人的荷鲁斯鹰[1]，具有同样的姿态，同样地凶猛强悍，同样地威风凛凛。我在这里居住得越久，看到的动物及鸟类越多，就愈发敬佩那些几千年前在埃及辛勤创作的艺术家；他们在那些阴森沉静的皇室墓碑上绘图雕刻，这里是尼罗河湿地惊起的鸭子，那里是乡村小道上赶过来的牛群，还有白秃鹫、胡狼和蛇。依我看，没有其他任何对动物的表现形式能与这些古埃及的图像及雕塑相媲美。我这样写并非称赞埃及人对动物逼真的描述能力或生动的绘画技艺——尽管他们的作品是由实物而细心临摹而成——而是赞叹那种能够捕捉、理解并描述动物魂魄的非凡才能。这种才能在埃及人描绘鸟类时表现得尤为显著。比如，一尊雕刻在神庙的花岗岩墙壁上的鹰，他的眼神中有着所有鹰的魂魄。此外，在这些埃及人塑造的动物中没有任何人性的迹象。它们沉静孤傲，是来自粗犷的原始世界中的成员。

燕鸥群已经完全占据了海滩，甚至会时常追逐驱赶闯入的行人。我就常常被它们一路追逐到诺塞特警卫站。昨天下午2点钟，当我吃力地在炎热难行的沙地上向北行走时，就有三只燕鸥逼迫我行进。

一路被几只鸟如此这般地喝叫追逐着行走，堪称一种奇特而有趣的经历。它们追随着我沿海滩而下，始终保持与我同步，我停它们也停；当它们飞到我的头顶上时，那像燕子似的尾翼不停

---

[1] 埃及神话中鹰头人像的天神。

地摇摆着。每隔大约半分钟,这三只鸟中的一只便会飞至我上方的二三十英尺之上,在空中盘旋片刻,然后,带着责备的叫喊直向我扑来,而这种突袭通常是在我头顶上方不足一英尺的地方结束。我是如此地被高声责骂,而这尖叫喧闹又持续得如此之久,人们会误以为这些鸟发现我抢了它们的蛋和雏鸟。实际上,我离鸟窝或筑巢地点还有几英里之遥。那些真正破坏燕鸥鸟窝的人会被几十只燕鸥以同样的方式追逐,甚至会被鸟儿猛烈地袭击。

我怀疑那只沼泽鹰正在去抢劫这些鸟巢的途中。这只雌鹰或许自己也在孵卵,因为,自从她在春季的某个时期放弃了每天对其他鸟巢的突袭之后,近来我很少看到她。

从六月中旬到七月中旬,燕鸥处于鼎盛阶段。它们的卵在孵化,鱼类也充足丰盛。身为父母的鸟儿们整天都在它们的巢与大海之间来来往往。拂晓,当我推开房门时,燕鸥已经路过我的房屋,在翻滚着浪花、波涛起伏的海浪上方二三十英尺的地方飞行。它们形成了两条川流不息的潮流,频频经过;一只去捕鱼,另一只将捕获的鱼运回家。它们持续不停地经过——当鱼多易捕时,一小时能飞过几千只鸟。返回的鸟嘴里都横衔着银白色的鱼,几乎无一例外,而且,不同于寓言中的乌鸦,燕鸥鸣叫时不会掉下口中的战利品。

这些鸟大多数是雄鸟,他们将食物带给配偶及新生的儿女。捕到的鱼通常是三四英寸长的沙鳗鱼,可是偶尔我也看到这些鸟儿屈身衔着鲭鱼飞行。有时一只鸟竭尽全力,衔着两条"沙鳗鱼"。

一周前的一个明媚下午,刚过2点钟,大群的燕鸥突然涌向沿沙丘一带的海浪边。鳐鱼又把一群沙鳗鱼驱赶进来。当时,正逢高潮;海浪滚滚逼近,拍打在岸边,沉重的大浪震撼着海滩。在卷起的波涛翻滚的浪尖上,在奔腾向前的绿色海浪中,在卷着黄沙、泛着白沫的激流中,灿烂的阳光洒向那些燕鸥,它们正扑向身处双重危险、急于逃脱的沙鳗鱼。燕鸥的羽翼在空中抖动,它们那急切持续的叫声划破长空。这些鸟直扑进海浪,溅起一圈圈水花。疲倦的鱼儿向南游去,燕鸥穷追不舍;一个小时之后,我用望远镜看到在北部及朝向大海的浅滩上事态依然在继续。

盗贼鸥(*Stercorarius pomarinus*,*Stercorarius parasiticus*)似乎从不骚扰这些伊斯特姆的鸟类。在这片海滩上,我只见过一只盗贼鸥,那是一只孤单的鸟儿,去年九月的一个早晨偶尔从我房前飞过。可是,科德角的邻居们告诉我,在海湾一带有许多盗贼鸥,它们时常侵犯在比灵斯盖特附近浅滩捕鱼的燕鸥。

几乎每天我都会在炎热的正午走到下海滩,在热乎乎的沙子上躺一会儿,用手臂遮住双眼。有一天,一时兴起,我向一只飞过的燕鸥挥了一下手——返回的燕鸥在海滩上方不足三十英尺处飞行——有趣的是,那只鸟在空中悬停一下,下降,然后,在我上方不足十英尺处盘旋了片刻。此时,我看到它下身的羽毛不是白色,而是一种可爱的淡粉红色;我拦住了一只粉红燕鸥(*Sterna dougalli*)。我弯曲指关节,向它做手势;那鸟儿用一声困惑的叫喊做出回应;然后,它继续飞行,结束了这个插曲。

今年有许多笑鸥(*Larus atricilla*)伴随燕鸥一起捕鱼,大约十几只笑鸥聚集在一起,与它们的邻居同行。

今夏,我与一群小白额燕鸥(*Sterna antillarum*)的奇遇堪称最为有趣。小白额燕鸥是在六月的一个清晨飞过来的。当我正在穿过一个大沙丘时，出乎意料地碰上一群小燕鸥。它们轻快地飞过来，在我的上方盘旋，并叽叽喳喳地责备着，抱怨着。我惊喜地发现它们是小白额燕鸥，或名"侏燕鸥"，是我们海岸边的稀有鸟类，并且或许是夏季海鸟中最优雅漂亮的鸟类。小燕鸥，即小白额燕鸥，与燕子大小相差无几，人们可以通过它们那淡灰色的羽毛，艳丽的、柠檬黄的嘴及纤细的、橘黄色的脚识别出来。

此类鸟在大沙丘脚下筑巢，而我扰乱了它们的平静。在晨曦下，它们盘旋于我的上方，时而发出吱吱的警告声，时而发出一串串断断续续的叫声。

我走向那些鸟巢。

这种滨鸟的鸟巢是一种不可思议的东西。它只不过是辽阔裸露的海滩上刨出的小坑，有时甚至连坑都没有。

"在露天的沙地上筑巢，"福布什先生[1]说，"只是片刻之间就完成的活儿。筑巢的鸟落下，轻轻地蹲伏着，用它的小脚飞速地抓刨，其速度之快，令人眼花缭乱，与此同时，鸟儿以自身为轴心，刨出的沙子四处飞溅。然后，燕鸥在这片低洼处安顿下来，通过左右转身、来回移动来抚平空穴。"

我一时找不到记录那天清晨我发现的鸟巢数目的纸片，但我想共有二十至二十五只。每个鸟巢中都有鸟蛋，有的有两枚，有的有三枚，有一个鸟巢中有四枚，但有四枚蛋的鸟巢仅有一个。燕鸥的蛋壳五光十色，描述起来颇有些难度。不过，或许我可以

---

1 见第58页注。

大致地将其外观说成泛着青绿的沙黄色，带有褐色、紫褐色及淡紫色的斑点。然而，最令我着迷的不是鸟蛋，而是燕鸥用卵石和贝壳装饰其鸟巢的方式。在海滩上的零零落落的地点，小燕鸥捡来了指甲盖般大小的扁平的贝壳，将它们铺衬在巢底。它们把那些扁平的贝壳铺得平平整整，如同马赛克一般。

一连两周，我观察着这些小燕鸥及它们的鸟巢，小心翼翼，以免打扰或惊吓正在孵蛋的雌鸟。可是，从它们的鸟巢到海边又是我的必经之路，无法不惊动它们。夜间，当我与海岸警卫队员沿海滩南下时，我听到了茫茫星空中充满惊吓的呼叫。六月底，一阵东北风突然而至。

那是一场夜间的风暴。我生了一小盆炉火，写了一两封信，听着呼啸的风声和急速的雨声。整整一夜雷雨交加，无法入睡。我心中一直惦记着小燕鸥。我想象着它们在风暴袭击、无遮无掩的海滩上的感觉，肆虐的狂风和倾盆的大雨无情地拍打着它们。推开房门，我向黑暗的雨幕中张望，只听到大海那惊天动地的怒吼。

次日清晨，当我在5点钟起身时，风势减弱，海潮也退去，但还是微风习习，细雨蒙蒙。我发现大沙丘的脚下是一片凄凉。海潮洗劫了海滩。没有留下一处鸟巢，甚至鸟巢的迹象全无，鸟儿都不见了。那天晚些时候，在大沙丘的南部，我看到一团鲜嫩的杂草上散落着斑斑点点青绿色的碎蛋壳。自此我再也没搞清楚燕鸥去了何处。或许，它们去了一个更好的地方，开始尝试新的生活。

天呀！在回来的路上我想到，歌雀又会是怎样的命运呢？

光脚穿过湿透的草地,我匆忙赶往报春花的灌木丛。沙子在夜间已经流动了;它沿着沙丘悄悄地滑动,随着雨滴跌落下来,报春花的灌木丛现在已经被黄沙掩埋。实际上,它已经不再是一个灌木丛,而是一片从被雨水浸透的沙堆中伸出来的枝条。当我走近这片枝条时,透过雨幕,看到了栖在枝叶中雌歌雀那双警惕的眼睛。沙子上升,距她的窝只有一英寸,遮掩鸟窝的枝叶随风弯曲,并因流沙而枯萎,然而,那小鸟却意志坚定,忠于职守,静静地栖在那里。她抚养了一窝小鸟——对于此种责任她当之无愧——大约在七月间的某个时候,她举家迁徙到沙丘中来。

现在,我要在秋季笔记中加上一段,聊聊我最后一次看到夏季大群燕鸥的情况。那是一次难忘的经历。八月间,燕鸥渐渐稀少。接近月底时,常常是一整天都不见它们的踪影。到了9月1日,我猜想多数燕鸥已经离去。随后,却出现了意料之外的情况。9月3日是个周六,朋友们到海滩来看我,当来访结束,我打开"水手舱"的房门送客时,发现沙丘上方的天空飞满了雪白的小燕鸥。那日,天气宜人,淡红色的晚霞披着金光——太阳离落山还有一小时的光景——在高高的天空与金色的霞光中,无数只小鸟飘浮旋转着,像是树叶一般。我们看着它们从北向南沿着沙丘飞过。一连二十分钟,或许是半个小时,鸟群飞满了我眼前的天空,而在此期间,我没有听到一声鸟叫。

那个阶段结束后,鸟群消失了,隐退到南方及内陆。

这的确是一件不可思议的事情。显然,某种一时的冲动突然从天而降,占据了小鸟的心灵,将它们引到沙丘上空。可是这种精神来自何处?这种意志来自何处?而它又是如何将其意图传达到这千万个小心灵之中？燕鸥飞过的全况使我联想起一群蜜蜂。那是一种迁徙的冲动，没错，当然，还不止于此。鸟群飞得很高，比我以前见过的燕鸥飞得要高得多，而且飞得也比我料想的要远，大多数飞翔的鸟是今年的幼鸟。其中充满着小鸟的狂喜与自豪。而这就是燕鸥最后一次露面。

八月下旬，我日复一日地看到更多的滨鸟，见到它们的频率也越来越高。整个夏季，海滩上都有滨鹬和环颈鸟，不过在初夏，这些鸟往往躲躲闪闪，甚至几天都不会露面。第一批由北部繁殖地返回的鸟群大约在七月中旬抵达此地。我记得它们的到来。一股强烈的不知疲倦的西南风没完没了地刮了四天，狂风吹过泻湖，继而吹向烟雾渺茫的大海；起风的第五天早晨的日出之前，风停了；接下来是一片沉闷与寂静。在9点到10点之间，一阵东风轻轻吹过。整个第五天下午，海滩上空黑压压地飞满了鸟，多数是环颈鸟和半蹼鸻。显然是漫长的西南风抑制了大批迁徙的鸟群。这些第一批到来的鸟是漂泊游荡的鸟群。下午2、3点钟走向诺塞特警卫站，我大约得惊起两三千只鸟。当我走近时，一群群的鸟蜂拥而起，飞向天空，去寻找前方的聚食区。秋季较小的鸟群凭着某种共同的心灵感应，同起同落，同在空中旋转，同在地上栖息。随后，这些鸟群分散于各处，成为不同的游荡群落。

八月下旬，那些已经生儿育女的野鸭子成群结队地返回湿地。在五六月及七月初，当我在夜间漫步于此地时，听不到从湿地传来的任何声音。现在，当我晚上9点半钟出去向南下的第一位海岸警卫队员示意时，便从黑暗的平原上传来警觉的鸭叫声。

湿地上又焕发出勃勃生机。太阳沿着绿树顶南移，荒原上的草木茂盛，渐渐变黄。

在热情的春季卿卿我我过小日子的鸟儿们，在仲夏时期趋于群居。在春天似火热情的催化下，群体从精神上瓦解了，因为鸟群中的每只鸟都忙着发泄自身萌动的春情，甚至以群居为习惯的鸟也会单独活动。随着夏季的到来，由于要抚养后代并与重组的鸟群合为一体，鸟类生活又形成了群居的节奏。身体已经奉献，个性已经牺牲，一切奉若神明之信条都要为群体而让路。

四

一天，我看到一个在海浪中游泳的年轻人。我估计他大约二十二岁，身高近六英尺，体格健美。当他脱去衣服时，我看得出从夏季开始，他就一直在游泳，因为他的肤色已被晒成褐色。裸露着身体站在倾斜的海滩上，双脚踩在不断涌上岸来的浪花中，他紧缩身体，伏下身来，等待时机，准备跃入水中；随后，他突然跃起，身子成弧形扎进迎面而来的滔天巨浪之中。他一遍又一遍地重复着自己的游戏，每每从海浪后边露出身来，睁大被海水浸湿的双眼，摇一摇头，然后，粲然一笑。这真是一幅令人赏心悦目的景色：穿越渺茫的大海滚滚涌来的拍天巨浪，裸露无遗、强壮匀称的健美体魄，令人惊叹的空中跳跃，双臂向前，腿脚收缩，双手划水，以及那结实黝黑的双肩一张一弛的节奏。

观看这幅健美的人体在自然的景色里自由舒展但又不失人性

的瞬间画面，我不禁暗自思忖人体的奥妙：当它美丽时，任何东西都无法与其浑厚富有韵味的美相匹敌，而当美丽不再，或已经衰退时，它又会陷入何等悲哀凄惨的丑陋。可怜的人体，时光与岁月是教会你如何善用衣着的首任裁缝！尽管现在有人指责你暴露得过多，可是依我看，当你美丽之时，你还没有得以充分展示或展示得不够频繁。纵观我的一生，总是将能目睹美丽的人体视为人生一大快乐。观赏美丽的年轻男女使我产生了对人类的崇敬之情（唉，吐出这等肺腑之言的情景是少之又少了），当然，现如今，鲜有其他的情感比这种我们对悲惨困惑的人类自身的崇敬——哪怕只是片刻——更为弥足珍贵的了。

我观看的那个嬉水者已经离去，出于某种好奇，我采了沙丘上一枝黄花的顶枝，发现在层层紧裹着的嫩叶底部已露出这种晚秋之花的萌芽。

第十章

猎户星在沙丘升起

八月已接近尾声,月末的那个夜晚星光璀璨,万籁俱寂。我一时兴起,想在空旷的海滩上,顶着满天的繁星入睡。夏季的有些夜晚,当黑暗及落潮使得宇宙之风平静下来时,这个八月的夜晚便充满了虚无般的寂静,夜空清澈。我的房子的南边,位于陡峭沙丘的扇面和高地的崖壁之间,形成了一个朝向大海的隐蔽山谷。我就朝这个角落走去,像水手似的把毛毯横披在肩上。星光下,山谷比空旷孤寂的海滩略显阴暗,地上依然留着白天那宜人的余热。

我入睡就不太容易,而且不久又醒来了,人们在露天睡觉常常如此。我上方那些朦朦胧胧的崖壁散发出一种怡人的沙香,万籁俱寂,头上那一丛丛草木纹丝不动,如同室内的花草一般。几小时之后,再度醒来,我感到空气中有了几许寒意,并隐约听到了涌向岸边的浪涛声。此时依然是夜晚。睡意已去,而且再也无法入睡,我穿上衣服,走向海滩。在星光闪烁的东部,两颗明亮的硕星正从聚集在夜幕及大海边缘的黑暗中升起——阿尔法猎户(*Betelgeuse*)和伽马猎户(*Bellatrix*)——猎户星座的双肩。秋季来了,巨大的猎户星座又重新坐落在白昼及年末的地平线上,它的腰带依然隐藏在云层之中,双脚置于茫茫的宇宙和远处的海浪之中。

　　我在海滩上的一年已经画上了一个圆满的句号,到了闭幕的时刻。看着这些硕大的恒星,我想起上一次在春季观测它们的情景:四月份,它们坐落在荒原的西部,星光暗淡,渐渐沉落在刚刚降下的夜幕中。现在,猎户星座再度升起,驱赶着夏季的太阳,秋季再度紧随着它的脚步。我已经看过了太阳的仪式;也已经经历了自然的世界。记忆开始从大地向我涌来。风暴雨雪从我面前经过,再度倾斜地打进惨淡月光下的草地;我看到了蓝白相间的巨浪打在外滩上,十月天高云淡的空中飞舞的天鹅;看到了疯狂的落日及燕鸥从沙丘上飞过的壮观景色,还有那蜂拥而来的滨鸟,蓝天上的孤鹰。由于我了解这片遥远而神秘的世界,并如愿以偿地在此生活,强烈而深切的崇敬之意和感激之情占据了我的心灵,从而将其他的情感驱向边缘。宇宙与宁静在瞬间相聚而超越了生命。然后,时光如同云朵聚起,不久,星辰在依然漆黑的大海上空渐渐暗淡,留着夜的记忆。

关于从那个九月的早上来到海滩生活开启的这段时光，有些人问我这如此奇特的一年生活使我对大自然有何种理解？我会答复说，最首要的理解是一种强烈的感受，即创造依然在继续，如今的创造力像自古以来的创造力一样强大，明天的创造力会像世界上任何的创造力那样气吞山河。创造就发生在此时此地。人类离创造的盛会近在咫尺，与那种无穷无尽、难以置信的实验有着如此密切的联系，在眼前闪过的每一刹那，都将成为瞬间的启示，成为从充满争议的、流动的时光交响曲中听到的一声孤独的音符。就理解力而言，诗歌的作用像科学一样重要。如果我们不是心存敬意地生活，那么，就如同生活中没有快乐一样，难以度日。

你会说，那么自然本身——那个残酷无情、青面獠牙的机器又是怎么样的呢？其实，它并非是如你想象的那么一架机器。至于"青面獠牙"，无论何时我听到这个短语或类似的词语，就知道某个走马观花的人又在从书本中解读生活。的确，自然中是有一些貌似冷酷的安排，但我们要意识到眼下时兴的是用人类的价值观来衡量这些安排。期待着自然来迎合人类的价值观，就如同让她来到你的房中做客。自然的经济体系，自然的生态平衡，自然对生存竞争的宏观调控——所有这一切都是自然的惊人之处，都有其自身的伦理道德。在大自然中生活，你会很快发现，尽管她没有人类生活的节奏，却并非痛苦的穴窝。写到此处，我想到大海滩上我那些可爱的鸟类，它们的美丽及生活的热情。况且，即使自然中有恐惧，也要知道大自然有我们没有想到或没有认识到的仁慈。

无论你本人对人类生存持何种态度，都要懂得，唯有对大自然持亲近的态度才是立身之本。常常被比作舞台之壮观场景的人类生活不仅仅是一种仪式。支撑人类生活的那些诸如尊严、美丽及诗意的古老价值观就是出自大自然的灵感。它们产生于自然世界的神秘与美丽。羞辱大地就是羞辱人类的精神。以崇敬的姿态将你的双手伸向大地，如同伸向火焰一般。对于所有热爱她的人，那些对她敞开心扉的人，大地都会付出她的力量，用她自身原始生活中的勃勃生机来支撑他们。抚摩大地，热爱大地，敬重大地，敬仰她的平原、山谷、丘陵和海洋。将你的心灵寄托于她那些宁静的港湾。因为生活的天赋取自大地，是属于全人类的。这些天赋是拂晓鸟儿的歌声，是从海滩上观望到的大海的黄昏，以及海上群星璀璨的夜空。

摄于科德角

以下照片选自《遥远的房屋》1928年伦敦版（Selwyn & Blount, 1928，LTD. Paternoster Row, London）。照片大多为亨利·贝斯顿的朋友及邻居威廉·A.布拉德福德所拍摄，呈现了当时科德角的面貌。

作者的房子——"水手舱"

海滩

半蹼滨鹬

冰雪覆盖的沙丘

泛着泡沫的海浪

翻腾滑动着的海浪

夏日巨浪

巨浪拍天

冬季海滩

诺塞特海岸警卫站

刀嘴海雀

蒙特克莱号失事船

冬季在帕美特的一艘失事船

科德角的海岸警卫队员

油松林中的大火

伊斯特姆荒原

夏夜浓雾中搁浅的船只

海兰灯塔

正在筑巢的燕鸥

夏末的沙丘

科德角日出